노래하자 훌륭한 사람들 4

노래하자 훌륭한 사람들 4

2022년 12월 22일 제 1판 인쇄 발행

지 은 이 ㅣ 김태두
펴 낸 이 ㅣ 박종래
펴 낸 곳 ㅣ 도서출판 명성서림

등록번호 ㅣ 301-2014-013
주   소 ㅣ 04552 서울시 중구 삼일대로8길 17 3~4층(충무로 2가)
대표전화 ㅣ 02)2277-2800
팩   스 ㅣ 02)2277-8945
이 메 일 ㅣ ms8944@chol.com

값 13,000원
ISBN 979-11-92487-86-1

노래하자
훌륭한 사람들 4

김 태 두 동시집

도서출판 명성서림

먼저 내가 사랑하자

어린이 여러분!

소풍, 수련원, 여행 따위로 교실 밖에서 공부할 때가 있습니다.

이런 때 동요를 부르지 않으세요?

언제인가 서울로 수학여행 가면서 아이들에게 동요를 부르자고 했더니 얼굴을 찡그리며 '에이'하기에

"왜 동요 부르기가 싫어?"

했더니 뭐라고 한 줄 아세요?"

"시시해요."

그 말에 제가 얼마나 아이들에게 실망했는지 몰라요. 가장 즐겨 부르고, 동요를 가장 사랑해야 할 초등학생들이 부르기 싫다는 이 요상한 문화!

30여 년 전의 이야기입니다.

전주에서 전국 각 시도 연구사들의 모임이 있었어요. 그때 전국에서 발

행하던 '방학 생활'을 각 시·도 별로 나누어, 개발하여 펴내면 좋지 않겠느냐는 자리에서 '요즘 아이들은 동요를 부르지 않는다.'는 문제가 나왔어요. 대구에서 온 어느 연구사가 모든 다른 연구사들의 해결책이 없다는 생각을 뒤엎고 자신 있게 주장했어요.

"자꾸 불러야 귀에 익어서 좋아하게 됩니다."

전자매체에서 쏟아져 나오는 선전물이나 대중가요에 밀리는 이유가 부르는 기회가 적을 뿐 아니라 즐겨 부를 수 있는 동요가 없다는 것입니다.

먼저 동요는 교사가 좋아해야 아이들도 좋아하게 되겠다는 생각에 직원회 때 가장 먼저 '동요 한 곡씩 부르기'를 하였습니다. 처음에는 싫어하던 직원도 있었지만, 차츰 동화되어 갔습니다.

여기에 국민들이 동요를 즐겨 부르도록 신문에다 글을 올리기도 했습니다.

'싸우는 국회를 동요 부르는 국회로'

국회의원들도 동요를 부르고 나면 동심이 살아나지 않겠어요?

가족이 다 참석할 수 있는 가족 달빛 동요대회를 가진 때도 있습니다.

이 글을 읽는 여러분

저는 동화를 즐겨 부릅니다. 지금도 100곡 이상 외어 부릅니다. 월별로 지정곡을 정하여 부르면 계절별 분위기도 살아납니다. 거기에 제가 시도하는 위인들의 노래를 넣어

1월 새해의 노래, 구두발자국, 이순신

2월 졸업식 노래, 고드름, 세종대왕

3월 삼일절 노래, 봄바람, 유관순

4월 4·19 의거 노래, 민들레, 최영

5월 어린이날 노래, 앞으로, 김유신

6월 6·25사변의 노래, 파란 마음 하얀 마음, 광개토대왕

7월 제헌절 노래, 산바람 강바람, 장보고

8월 광복절 노래, 고기잡이, 신사임당

9월 개천절 노래, 섬집아기, 을지문덕

10월 한글날 노래, 가을바람, 안중근

11월 현충일, 둥근달, 강감찬

12월 크리스마스, 겨울나무, 연수영

길을 걸으며, 혹은 바닷가에서, 냇둑에서 산봉우리에서
소리높여 부르거나, 흥얼거리기도 하면서 부르면 독자를 사랑하게 될
것입니다.
독자가 나를 사랑하기 전에 먼저 제가 할 일입니다.
그다음 동물을 글감으로 내가 지은 동시를 월별로 페이스북에 올립
니다.

1월 까치, 2월 까마귀, 3월 딱새, 4월 제비, 5월 황새, 6월 개구리,

7월 농게, 8월 매미, 9월 물방개, 10월 귀뚜라미, 11월 기러기, 12월 고양이

다음은 식물, 바다생물, 친구, 친지, 무생물, 별자리 등을 주인공으로 찬
양하는 동시를 쓰면 동심이 살아나지 않을까요?

그들을 통하여 나를 보면 나의 참모습이 나타나리라 봅니다.

2022년 월 일
지은이 김 태 두

1부

2부

3부

4부

5부

제1부

새 나라 세우자 정도전

오래된 집을 보아라
기둥이 썩어 기울어지고
지붕은 비가 새고
고칠 데가 이곳저곳 많아진다.

나라도 마찬가지다
고려는 오래되어 썩었다.
차라리 고치느니 새 나라 세우자
나와 뜻이 같은 분은 없소?

저 날쌘돌이는 누구냐?
힘도 세고, 꿈도 크구나.
천하의 이성계 만나서
힘 모아 고려 왕조 무너뜨렸다.

새 나라 주춧돌, 탄탄하게 놓아라
무너진 토지제도, 새롭게 짜라
불교보다 유교를 믿어라
새 나라 조선, 앞길이 창창하다.

---

301. 정도전[鄭道傳] (1342~1398)
고려 말 조선 초의 정치가 · 학자. 호는 삼봉. 조선을 세울 때 중심인물로서 고려 말기
의 사회 잘못됨을 바로잡고 이를 실천하기 위해 새로운 나라를 열었다. 여러 제도의 개
혁과 정비를 통해 조선왕조 500년의 기틀을 다져놓았다.

정신 차려 채제공

싸운다, 되나 깨나 싸운다.
동인과 서인이 싸우고, 아비와 아들이 싸운다.
당쟁에 휘말려 아들을 죽이다니!
패로 나누어 싸움질, 그만 하거라

관리들, 정신 차려!
희한한 세금 만들어 강제로 빼앗지 마!
양반이나 상민은 같은 사람이다
어지러운 살림살이 바로잡아라.

학자들, 정신 차려!
양명학, 불교, 도교, 우리 것이냐?
천주교 서학은 더욱더 안 맞다.
우리 것을 가르쳐라. 우리 학문을 배워라

※ 되나깨나 : 도나 개나(윷놀이 할 때 돼지나 개에서 내려온 말) 즉 아무거나의 사투리
※ 상민 : 양반이 아닌 일반백성

302. 채제공[蔡濟恭] (1720~1799)

조선 후기의 문신. 호는 번암. 1743년 문과정시에 급제하여 승문원 권지부 정자에 임명
되었다. 1793년에는 영의정이 되었다. 그는 자신이 사는 시기를 새로움이 필요한 시기
로 인식했으나 제도의 개혁보다는 운영의 개선을 강조했다.

나는 도토리나무다 이제현

산속에 꼭꼭 숨어라!
벼슬하기 싫어, 공부하기 좋아.
열심히 한 만큼 빛나는 문장과 시들
이 글들, 후손들이 10권에 담아
펴낸 책 '익재난고'

겸손하여 스스로 낮춰 부르다
"나는 도토리나무다."
우리 시와 중국 시의 다른 점
역사 사실보다 작가의 눈이 중요해
종합적으로 따진 글 '역옹패설'

우리나라 소악부는 특별하다
입으로 전해오는 노래, 민간가요
일곱 줄의 시와
한문으로 번역한 걸 모은
예술성 가치 있는 '악부체'

※소악부: 악부의 하나. 중국의 악부와 구분하기 위한 것. 고려 아악, 당악, 궁중악과
　　　　구별하여 민간의 노래(속요)를 시로 옮긴 것

303. 이제현[李齊賢] (1287~1367)

고려 후기의 문신, 시인. 성리학을 들여와 발전시켰으며 많은 글을 남겼다. 1301년 15
세에 성균시에 장원, 이어 대과에 합격했다. 1314년 백이정의 문하에서 정주학을 공부
했고, 1357년 문하시중에 올랐으나 벼슬을 그만두고 학문과 글쓰기에 몰두했다.

딱, 깜냥 되는 인물 최승로

경주에서 태어나 개성으로 이사 오다
글 잘 짓고 학문에 뛰어나니
왕건 소문 듣고 불러서 칭찬한다.
"나라 큰 일꾼이 되겠도다."

학문이 높아지니 벼슬자리에 올랐다.
백성을 아끼고 잘 다스리니
성종 왕, 기분 좋아 큰 상을 내린다.
"든든한 기둥, 내 곁에 있으니 기쁘도다."

고려 재상 자리에 올랐다.
왕의 잘못과 나라의 형편을 살피곤
"딱, 깜냥 되는 인물을 뽑으소서."
"도움 되는 말씀, 받아드리겠소."

※ 깜냥 : 어떤 일을 가늠해 보아 해낼 만한 능력

304. 최승로[崔承老] (927~989)

고려 초기의 문신. 유교적 정치이념을 체계화하여 개혁방안을 내놓음으로써 성종대의
새로운 국가 체제 정비에 크게 도움이 되었다.

사라지지 않는 별 김마리아

백성을 사랑하느라
나라를 되찾느라
평생을 보낸
영원히 사라지지 않는 별

일본 유학 갔을 때
동경 유학생 독립단 회원으로
2·8 독립운동 앞장섰다가
잡혀가 옥살이

모교의 학생들 가르칠 때도
대한민국부인회 회장으로
독립군 도울 돈 모으다가 들켜
또 옥살이.

우리나라 빼앗은 일본, 두고 보자.
미국 근화회 독립단체 회장이 되어
일본 침략, 온 세상에 알렸다.
옥살이 안 해도 되었다.

305. 김마리아 (1891~1944)

독립운동가, 교육자. 황해 장연 출신. 1918년 동경 유학생 독립단에 가입했으며 1919년 2·8 운동에 참가했다. 2·8 독립선언서를 가지고 귀국하여 가르치다가 일본 경찰에 체포되어 서대문 형무소에서 5개월의 옥살이를 했다.

소매 속의 유자와 효자 박인로

잔칫상 위의 붉은 홍시 보고
돌아가신 어버이 생각에
소매 속에 몰래 넣어 온 박인로

젊어서는 나라를 지킨 병사
임진왜란 때 용감히 싸웠다네.
왜적을 물리친 무인 박인로

난리가 끝나자 고향으로 돌아와
가난함에도 만족하며 살았다네
누항사의 작품을 쓴 박인로

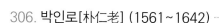

306. 박인로[朴仁老] (1561~1642)

경북 영천 출생. 호는 노계(盧溪). 9편의 가사와 70여수 시조를 남겼으며 정철·윤선
도와 더불어 조선 3대 시가인으로 불린다. 생애 전반부는 임진왜란에 종군한 무인의
모습이 두드러지며 후반부에는 향리에서 책을 읽으며 글을 남겼다. 〈노계선생 문집〉
이 전한다.

동트다, 새로운 가사 문학 정극인

동트다, 새로운 가사 문학
여러 가지 나타낸 표현법
정극인으로부터.

가사 문학, 널리 널리 퍼져나갔다.
봄을 부르며 즐긴 노래
정극인의 상춘곡

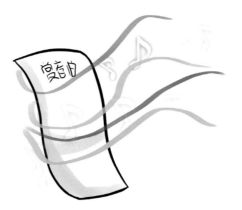

우리 정서에 딱 맞다.
짧은 시조는 마음에 차지 않아.
마음껏 길게 노래하는 가사 좋아.

세상을 앞서가고 문화는 아름답고
곳간마다 가득가득 풍성한 우리나라
가사로 지어 노래 불러보세.

307. **정극인[丁克仁] (1401~1481)**
조선 전기의 문인, 학자. 경기 광주에서 태어남. 호는 불우헌(不憂軒). 가사 문학의 효시로 논의되는 〈상춘곡〉의 작자로 유명하다. 그밖에 단가인 〈불우헌가〉와 한림별곡체 〈불우헌곡〉이 있으며 문집〈불우헌집〉이 있다.

배우자, 아는 것이 힘 주세붕

배우자, 아는 것이 힘!
교육의 중요성을 깨달아
제자를 많이 기른 교육자

지방에 내려와서
아이들 눈을 뜨게
교육에 힘쓴 주세붕

지방 교육기관인 향교야!
네 할 일을 못 하니 웬일이냐?
나 스스로 학교를 세우겠다.

처음으로 문을 연 사립학교
배움에 목마른 아이들, 구름처럼 몰려와
도란도란 책 읽는 소리 팔도강산에 퍼진다.

나라에서 처음으로 인정
임금이 직접 쓴 글의 현판
노비와 책을 선물로 받은 백운동서원.

※ 향교와 서원 : 둘 다 지방 교육기관으로 향교는 나라에서 세운 공립,
　　　　　　　서원은 개인이 세운 사립.

308. 주세붕[周世鵬] (1495~1554)

조선 중기의 문신, 성리학자. 경남 칠원에서 태어남. 호는 신재(愼齋)성리학 이념의 보
급을 통한 교화와 지방 인재를 기르기 위해 최초로 서원을 건립했다. 지극한 효행과 가
난한 생활로 정치에서나 일반 백성들도 이름이 알려졌으며 청백리에 뽑혔다.

남해는 꽃밭이야 김구

하늘과 땅이 맞닿은 끝
아득히 먼 한 점, 신선이 사는 섬
왼쪽은 망운산, 오른쪽 금산
그 사이로 봉내와 고내가 흐르도다.

귀양 와서 울적한 마음이
아름다운 경치에 반해 풀어져
남해를 노래한 '화전별곡'
남해는 꽃밭이야.

벼슬에서 일한 세월보다
유배 생활이 더 길었던 아픈 날들
어려움에 꺾이지 않고
문학과 예술을 꽃피운 삶

여유로운 마음씨 시 속에 담겨 있고
깨끗한 생활은 글씨 속에 녹아 있네
4대 명필 인수체 남긴 김구
남해인 가슴에 남았어라.

※인수체 : 김구가 산 곳이 인수라고 김구의 독특한 글씨체를 말한다.

309. 김구[金絿] (1488~1534)

조선 시대 중종 때의 학자. 충남 예산에서 태어남. 호는 자암. 기묘사화로 경상도 남해
에 유배되었을 때 경기체가의 화전별곡을 남겼다. 조선 전기 4대 명필가.

묏버들 가려 꺾어 홍랑

조선 시대 함경도 홍원 땅에
마음과 얼굴이 예쁘고
시를 잘 쓰는 기생 홍랑이 살았대.

새로 부임한 사또 최경창
그녀가 좋아하던 시 쓴 주인공
한눈에 반하여 단번에 사랑했대.

한양으로 떠나갈 때
묏버들 움튼 가지 꺾어
시조 한 수 써서 보냈대.

시름시름 앓는 님 보고 싶어
이레를 걸어서 찾아가 치료한 정성
아무나 못 하지.

객지에서 죽은 님을 위해
벙어리 행세하며 시묘살이
아무나 못 하지.

310. 홍랑[洪娘]
조선 시대 함경도 기생이다. 천하일색 미모로 팔도에서도 유명해 도청의 관기였다. 또 시조에도 재능이 있어 손수 시를 짓거나 글을 읽는 것을 매우 좋아했다.

신라 땅, 한강까지 거칠부

호랑이 눈
제비 턱
예사로운 얼굴 아니더니
나라 위해 큰일을 해냈구나.

고구려 쫓아내고
백제까지 밀어내어
기름진 땅, 교통이 편리한 땅
한강 유역을 차지하는 공을 세웠네.

보아라! 신라의 힘
당나라와 뱃길 열리고
고구려와 백제 사이를 떼어 놓았으니
탄탄대로 달려간다. 거칠부 장군!

---

311. 거칠부[居柒夫] (?~579)
신라 진흥왕 때의 장군·정치가. 고구려 공격에 큰 공을 세웠으며,〈국사(國史)〉를 펴냈
다. 어려서부터 큰 뜻을 품고 승려가 되어 전국을 돌아다니며 견문을 넓혔다.

27

나는 고려의 신하다 강조

서북 국경을 지키던
도순검사 강조
임금의 부름에 개경으로 올라와 보니
나라 꼴이 이래선 안 된다,
오히려 왕을 쳐서 온 고려를 호령하네

거란이 침입한다.
맞서라 강조
통주 까지 나아가 용감히 싸웠으나
오랑캐라 얕본 것이 탈이었나
분하게 싸움에 져서 잡힌 몸이 되었네.

거란의 왕 앞에
무릎 꿇린 강조
거란의 신하 되면 살려주마
"나는 고려의 신하다."
꿋꿋한 고려의 충신 최후를 맞았네.

※ 통주 : 평안북도 선천군

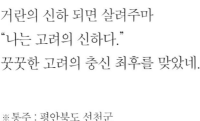

312. 강조[姜兆] (?~1010)
고려 초의 무신. 목종을 몰아내는 정변을 일으켜 현종을 모셨다. 1010년 거란의 40만
대군이 쳐들어왔을 때 통주에서 맞서 싸웠으나 지고 말았다. 포로가 된 강조에게 거란
성종이 자기 신하가 되라고 했으나 거절하며 죽음을 택했다.

후삼국을 통일하자 신숭겸

내 할 일은 후삼국통일
한 몸 되어 용감하게 싸우자
왕건 도와 고려 세운 사람
몸집이 우람하고
싸움에서 날쌔고 용맹스럽던
그 이름 장군 신숭겸.

후삼국통일은 후백제부터
형제처럼 힘 합하여 싸우자
나라 위해 목숨 바친 사람들
공산성 싸움에서
왕건 대신하여 싸우다 죽은
그 이름 충신 신숭겸.

※ 공산성 : 충남 공주시

313. 신숭겸[申崇謙] (?~927)

왕건을 도와 고려 건국에 공헌한 무장. 신숭겸은 몸집이 우람하고 무용이 뛰어나 궁예
말년에 홍유, 배현경, 복지겸 등과 함께 혁명을 일으켜 궁예를 몰아내고, 왕건을 추대
하여 고려 건국 때 큰 공을 세웠다.

숯구이 총각 온달

금강산 깊은 골에 숯 굽는 총각 온달
가난한 살림에도 어머니 잘 모신 효자
옷차림 남루하고 마음이 어리숙해
"온달아! 바보온달아!"

꿈인가, 생시인가 나타난 평강공주
무예와 학문을 열심히 익혀서
삼진날 사냥대회 우승한 뒤부터
"장군님! 온달 장군님!"

북주나라 무제 왕, 욕심 많은 임금님
앞장서서 침략군과 용감히 싸우니
고구려군 기가 펄펄 대번에 무찔러서
"대형님! 온달 대형님!"

신라에 뺏긴 땅 성급하게 찾으려다
단 한 대 화살 맞고 땅에 붙어 꿈쩍 않네
평강공주 한 마디에 떨어져 모셔왔지.
"낭군님, 내 낭군님!"

314. 온달[溫達] (?~590)

고구려 장군. 살림이 구차하여 구걸로 모친을 봉양했고, 남루한 옷차림으로 거리를 다녀서 빠보 온달로 불리었다. 뒤에 평강공주와 혼인하고서 학문과 무예를 익히고 해마다 삼진날에 열리는 사냥대회에 참가하여 좋은 성적을 올렸다.

세상 울린 이야기 지은

신라 시대, 홀어머니 모시고 사는 지은
온종일 품팔아 일해도
가난한 살림 면할 수 없어
남의 집 종살이로 들어갔대.

모르고 푸념하는 어머니
예전엔 찬밥이라도 달고 맛있었는데
지금은 더운밥도 속이 쓰리니
이게 무슨 일이냐?

이 말 들은 딸이 엉엉
어머니와 딸 부둥켜안고 엉엉엉
온 마을 사람들 아니 우는 자 없고
짐승들도 울고, 새들도 울었대.

지나가던 나그네도 발걸음 멈추어 눈물짓고
임금도 알게 되어 효양 방이라 이름 짓고
세상을 울린 효녀 지은 이야기
입으로 전해져 오늘날까지 남았대.

315. **지은[知恩] (?~?)**
신라 한기부 백성 연권의 딸. 효성이 지극하여 나이 32세가 되었으되 시집을 가지 않고 어머니를 봉양하였다. 이에 진성 왕이 듣고 벼 5 백석과 집 한 채를 주고 그 마을에 푯 말을 세워 효양 방이라 하여 이름 지었다.

동지들이여, 일어서라 의병장 김태원

동지들이여, 일어서라!
우리의 명성황후께서
왜놈 부랑자들 칼에 쓰러졌다.
이 땅에 왜적을 쫓아내자
의병을 일으킨 김태원.

동지들이여, 일어서라!
다섯 나쁜 대신들이
일본에 나라를 팔아넘겼다,
이 땅에서 못 살게 쫓아내 버리자.
앞잡이들을 혼내준 김태원.

동지들이여, 일어서라!
곳곳에 일본 헌병대가
우리 땅을 점령하고 있다.
넘어가는 나라를 일으켜 세우자.
왜적과 용감히 싸운 김태원.

---

316. 김태원[金泰元] (1870~1908)
한말 의병장. 전남 나주 출신. 소년 시절에 유학을 배웠고, 이웃 고을까지 장사로서 이름이 났다. 갑오 동학농민혁명이 일어나자 참여하였다. 나주에서 의병을 일으켜 활약하였다.

각 도 의병의 총대장 이인영

뭉치자, 각 도 의병대장들아!
둑을 무너뜨리는 기세로
서울로 밀고 올라가면
우리 목적이 이루어지리라.

눈물 난다. 을미 사변
억울하다 을사 조약
고종 황제를 강제로 물러나게 하다니!
우리 군대해산은 웬 말이냐?

의병 총대장이 된 이인영.
군사장에 허위, 관동 총대장에 민긍호,
각 지방 창의대장으로 호서 이강년 호남 문태수, 영남 박정빈,
경기황해 권중희, 관서 방인관, 관북 정봉준.

와! 와! 와!
일본의 횡포를 더 두고 볼 수 없다.
모두 서울로 진격하여 통감부를 격파하라
조약을 무효로 만들어 국권을 회복하자

317. 이인영[李麟榮] (1867~1909) ⎯⎯⎯⎯⎯⎯⎯⎯⎯⎯⎯⎯⎯⎯⎯⎯⎯
한말의 의병장. 경기 여주 태생. 1895년 을미사변이 일어나고 단발령이 내려지자 의병
을 일으켜 강원도 춘천과 양구 사이에서 일본군과 싸웠다. 1907년 고종의 강제퇴위, 군
대해산을 계기로 의병이 다시 일어나 총대장으로 추대되었다.

싸움터에서 쓴 일기 의병장 김하락

우리 오백 년 예의의 나라가
섬나라 오랑캐에게 먹히다니
이 부끄러움을 당하고만 있을 것인가!
차라리 물고기 배속에 들어갈지언정
도적놈들을 그냥 둘 수 없다.

명성황후가 왜적 손에 죽자
경기도 이천에서 의병을 일으켜
태풍처럼 싸워 이겨서 빼앗은 남한산성
빛냈다! 김하락 의병장
대한제국 의병의 큰 승리

부하 배신으로
남한산성 빼앗기고, 쫓기다가
강물에 몸을 던졌다.
세상에 알려진
싸움터에서 쓴 일기

318. 김하락[金河洛] (1846~1896)

한말의 의병장. 호는 해운당[海雲堂]. 1895년 단발령이 내려지자 경기도 이천에서 의병을 일으켰다. 여주 의병장 심상희와 합세해 연합병력 2,000 여명으로 광주 남한산성을 점령하였다.〈김하락 진중일기〉를 남겼다.

의병의 충주성 승리 유인석

글만 읽던 선비들을 모은 유인석
가까운 벗들이 오백여 명이라
자, 의논하자
첫째, 의병을 일으켜 왜적과 싸우느냐
둘째, 국외로 망명해서 큰일을 하느냐
셋째, 마음을 품은 채 목숨을 지키느냐?

당장 의병을 일으키자
세찬 물결 넘쳐 충주성에 밀어닥쳤으니
목숨 걸고 번개처럼 쳐들어가
우수한 무기도 소용없어라
사백 명의 관군도 물러가고
사백 명의 일본군도 물러간다.

아!
의병 역사에 빛난 충주성 승리
의병의 무서움을 알렸다.
의병의 용맹함을 알렸다.
영원한 자랑이여
대대로 기쁨이 되었어라.

319. 유인석[柳麟錫] (1842~1915)

대한제국의 학자. 의병장. 호는 의암. 강원 춘성에서 태어남. 강화도 조약 체결 때 문하의 유생을 이끌고 상소하여 반대하였다. 제천을 중심으로 항일 의병 항전을 전개하였다.

미국으로 간 뜻은 이화목

미국으로 건너간 뜻은
독립운동하기 위함이라

가정주부로서
숭실 여학교 만세운동 앞장섰다가
잡혀가 고문당하고
감옥살이하고
늘 감시당하는 생활에서 벗어나고파

미국으로 건너가
조국을 위해
독립을 위해
로스앤젤레스 부인회를 만들고
독립운동가들과 뜻을 함께한 이화목

그 이름 미국에서 빛나리
그 이름 조국에서 빛나리.

320. 이화목[李화목] (1899~)
1919년 3.1운동이 일어나자 가정주부로서 만세운동에 앞장섰다. 그녀는 왜경에 끌려가 심한 고문을 받았다. 그리고 감옥살이를 3개월 하고 풀려났어도 계속되는 감시에 지쳐 미국으로 갔다. 그곳에서 대한부인단을 조직하고 초대회장이 되었다.

제2부

개굴개굴 금개구리 부여 금와왕

금와왕은
개굴개굴 개구리
번쩍번쩍 빛나는 금개구리였대

부여 왕 해부루
걱정 하나 있었지.
뒤를 이을 아들이 없는 것

하늘에 제사 지낸 며칠 뒤
곤연 연못가에서 쉬는데
타고 온 말, 큰 바위 보고 눈물 흘리는 거 있지.

이상하게 여긴 해부루 왕
바위, 들어내라고 명령했지.
금빛 나는 개구리 모양의 어린아이

왕이 기뻐하며
이건 하늘이 내게 준 아들이다
아들로 삼으니 그가 금와왕이야.

321. 금와왕[金蛙王] (?~기원 전 24)

삼국사기 고구려 본기에 부여왕 해부루가 탄 말이 곤연[鯤淵]에 이르렀는데 그곳에 있던 큰 바위를 보고 말이 눈물을 흘리는 것을 보고 바위를 굴러보게 하였더니 금빛이 나는 개구리 모양의 어린아이가 있었다. 해부루가 기뻐하여 아들로 삼으니 이가 곧 금와이다.

아, 돌무덤 가야 구형왕

쫓아라!
침략자 신라 군사에 쫓기어
김해에서 산청까지
멀고 먼 눈물의 길.

나라가 망하니
하늘도 서러워라
세 왕자와 함께 무릎 꿇고
항복한 가야 구형왕.

가야왕이 서쪽으로 왔다고 금서면
가야 왕 무덤이 있다고 왕산
많은 산짐승과 갖가지 새들이
이곳에서는 똥을 싸지 않는다네.

역사의 자취는
오늘까지 남아 말하는데
슬픈 사연 품고 말 없는
아, 돌무덤 가야 구형왕

322. 구형왕[仇衡王] (?~?)

금관가야의 제10대왕(521~532 재위). 구충왕 또는 구해왕이라고도 한다. 아버지는 겸
지왕이며 어머니는 각간 출충의 딸인 숙[淑]이다. 김유신의 증조부이기도 하다. 532년
왕비 및 세 아들 노종, 무덕, 무력과 함께 신라에 항복하였다.

영광의 그 날이여 백제 성왕

서울을 옮겨 사비성으로
나라 이름을 남부여로
백성 사기를 북돋우며
앞날을 내다본 백제 성왕.

중국 양나라와 사귀고
일본에 앞선 문물을 보내어
이웃과 친하게 지낸
슬기로운 백제 성왕

고구려에 빼앗긴 한강 유역
신라와 손을 잡고
도로 찾아
나라 부흥 시킨 백제 성왕

약속 어긴 신라
백제 몫도 마저 삼키니
신라여, 그 땅은 내놓아야지
영광의 그 날이여 돌아오라 백제 성왕.

323. 성왕[聖王] (?~554)

백제의 제26대왕(523~554 재위) 무령왕의 아들이다. 538년 사비(지금의 부여) 천도로 왕권을 강화하였다. 사비로 옮기면서 나라 이름을 '남부여'라 바꾸었다. 신라와 동맹하여 고구려에 빼앗긴 한강유역의 회복을 도모하였다.

우리 것이 좋아요 신라 법흥왕

우리는 우리 것 써야지
중국 연호를 왜 써냐?
처음 쓴 우리나라 연호 '건원'
자주적 틀을 갖춘 왕
신라 법흥왕.

불교! 억누를 필요 없어
우리나라 종교로 만들어버리면 돼
불교를 인정하니 세상이 밝다.
새롭게 앞서나간 왕
신라 법흥왕.

가야! 침략할 필요 없어
우리와 그냥 합치면 돼.
금관가야 아우르니 세상이 넓다.
앞날을 내다본 왕
신라 법흥왕.

---

324. 법흥왕[法興王] (?~540)

신라의 제23대 왕(514~540). 나라 안으로 체제 정비와 나라 밖으로 영역 확대를 꾀했다. 536년에는 건원이라는 독자적인 연호를 사용했다. 532년에는 금관가야를 합쳤다. 불교를 공인하였다.

정조임금의 사랑 성송연

궁녀로 들어온
낮은 신분의 성송연
슬기롭고 착한 마음씨로
정조임금 정성껏 돕더니
후궁이 되었다.
의빈 성씨가 되었다.

문효세자를 낳고
꽃방석에 앉은 성송연
정조임금 사랑이더니
홍역에 걸려 세자는 가고
시름시름 앓더니
세자 따라갔다.

의빈성씨와 문효세자
오래오래 살았더라면
정조임금 행복해서
우리나라 더욱더욱
잘 사는 나라 되었을 거야
백성들도 행복했을 거야.

325. 성송연[의빈 성씨] (1753~1786)

정조의 후궁. 성윤우의 딸로 궁녀 출신. 1782년 문효세자를 낳아 그 공으로 성씨는 정
3품 소용의 품계를 받아 정식으로 후궁의 품계에 올랐고, 얼마 안 되어 빈의 작호를 받
고, 의빈으로 봉해졌다.

기이하고 신비한 인물 이지함

사람 운명을 점쳐 알아맞힌다고?
임진왜란이 일어날 것도 알았대.
토정비결 만든 예언가

무쇠솥을 머리에 쓰고 다닌다고?
일부러 매 맞을 짓을 한 대.
기이하고 재미있는 어릿광대.

저잣거리에 앉아 장사도 한다고?
번 돈으로 곡식을 사서 나눠 준대.
가난한 사람을 돕는 천사.

나라에서 소금 장사를 해야 한다고?
살림이 넉넉해야 백성이 편안하대
부자나라 만들자고 외친 사업가.

백성들을 친자식처럼 사랑한다고?
걸인들에게 먹을 걸 나누어 준대
그게 바로 이지함을 말하는 거야.

326. 이지함[李之菡] (1517~1578)

조선 중기의 학자. 기인[奇人]. 〈토정비결〉의 저자로 알려져 있다. 호는 토정[土亭]. 포천현감을 지내다가 이듬해 사직했고, 1578년 아산 현감으로 부임해서는 걸인청을 세워 걸인, 노약자, 굶는 자들을 구제했다.

전하! 아니 되옵니다 윤두수

전하!
함흥은 아니 되옵니다.
의주로 가야 하옵니다.
왜적에게 쫓기던 길
생명의 길로 인도하여
왕을 살린 윤두수.

전하!
청나라에 도움 청하시면 아니 되옵니다.
우리 스스로 왜적을 쫓아내야 하옵니다.
왜적을 쫓아내는 일
우리 힘으로 해야 할 일
자주국방 외친 윤두수.

전하!
요동 땅으로 피난 가시면 아니 되옵니다.
끝까지 우리 땅에 계셔야 하옵니다.
왕 체통을 지켜야 할 일
왕은 백성과 끝까지 함께
왕이 해야 할 일을 깨우친 윤두수.

327. 윤두수[尹斗壽] (1533~1601)

조선 중기의 문신. 호는 [伍陰]. 성수침, 이황 등에게 배웠다. 임진란 때 선조를 모셨다.
어영대장, 우의정을 거쳐 좌의정에 올랐다. 평양에 있을 때 명나라에 대한 원병 요청을
반대하고, 평양성의 사수를 주장했다.

불붙인 책 읽는 문화 서거정

문장과 글씨가 으뜸.
중국 사신과 대결에서
우수한 재능을 보여
중국까지 널리 알려졌네.

나라 법 경국대전
나라 역사 동국통감
나라 지리 동국여지승람
소중한 책 만드는 데 참여하였네.

글의 잘 잘못을 비평한 책 동인시화
간추린 역사 제도 풍속 책 필원잡기
관리들 시 모음집 사가정
자신의 책을 많이 남겼네.

수많은 나라 책 만드는데 거들고
자신의 책도 많이 남겨
관리들 너도나도 글쓰기 문화
관인 문학 불꽃 지폈네.

328. 서거정[徐居正] (1420~1488)

조선 전기의 문신, 학자. 호는 사가정[四佳亭]. 조선 전기의 대표적인 지식인으로 45년
간 세종, 문종, 단종, 세조, 예종, 성종의 여섯 임금을 모셨으며 새 나라의 기틀을 잡고
문학의 바람을 일으키는 데 크게 도움을 주었다.

당파싸움, 하지 말자 이준경

나라를 사랑하여
나라 앞날을 걱정하여
죽으면서 임금님께 올린 걱정거리
당파싸움을 막아야 한다는 것
간곡히 부탁한 이준경.

영의정까지 오르면서
유배를 몇 번 갔는가?
반대파를 죽음으로까지 몰아가는
당파싸움 뿌리 뽑자는 것
글을 올린 이준경.

앞날을 내다보는
이 백성을 생각하는
갸륵한 뜻 모르는 선비들아
당쟁은 나라 망하는 길
하늘나라에서 걱정한 이준경.

329. 이준경[李浚慶] (1499~1572)
조선 중기의 문신, 학자. 훈구파에서 사림파로 정치권력이 옮겨가는 과도기에 사림정
치를 정착시키는데 큰 일을 했다. 호는 동고. 1531년 식년문과에 급제하여 벼슬에 나아
갔다. 1588년 영의정이 되었다. 지은 책으로 〈동고유고〉, 〈조선 풍속〉이 있다.

51

쓴 글 몸에 감고서 이옥봉

타고난 신분이 낮아서
결혼도 마다하고
아버지께 배운 글재주
한양 한량들과 어울리며 글을 썼지.

사랑하는 사람이 생겨서
결혼하여 보금자리 꾸미고
천재 시인 멋진 글재주
누명 쓴 이웃을 돕느라고 글을 써주었지.

아서라, 그 글이 화가 되어
시집살이 쫓겨나고
가시면류관 쓴 고통으로
시를 써서 남편의 안부를 물었지.

슬프다. 끝내 바다에 뛰어드니
중국까지 흘러가
몸 감은 종이에 쓴 빼어난 시
시집으로 새로 태어났지.

330. 이옥봉[李玉峰]

전주이씨. 본명은 숙원. 옥봉은 호. 조선 중기 여류시인. 선조의 아버지 덕흥대원군의
후손으로 충북 옥천 군수를 지낸 이봉의 서녀이다. 어려서부터 아버지께 글과 시를 배
웠는데 너무도 글재주가 뛰어나 그녀가 지은 시는 주위를 놀라게 했다.

날개의 꿈, 하늘로 훨훨 이상

나라를 빼앗긴 그때
젊은이들은 분했겠지.
재주를 감추고 살았겠지.
억울함 당하여 고통받았겠지.

여기 한 젊은이
글쓰기와 그림 잘 그리는 한 젊은이
날개 달고 하늘로 훨훨 올라가
세상을 내려다보는 꿈을 꾸었지.

'오감도'란 시를 발표하니
어려워도 새롭다고 했지.
'날개'란 소설을 쓰니
재미없어도 숨은 뜻이 크다고 했지.

새로운 기운 불어넣은 작품
홀연히 일본으로 건너갔다가
나쁜 조선인이라 트집잡혀
옥에 갇혔다가 하늘나라에 오른 이상.

---

331. 이상[李箱] (1910 ~ 1937)
시인, 소설가. 실험정신이 강한 시를 써오다가 1936년 소설 〈날개〉를 발표하면서 시에
서 시도했던 자의식을 소설로 승화시켰다. 본명은 김해경[金海卿]

혜성처럼 나타난 천재 작가 **나도향**

천재 작가 나도향
혜성처럼 나타나
슬프고, 끔찍한 삶을
사실적으로 나타내더니
짧게 인생을 마감해서 안타까워라.

벙어리 삼룡이 지은 나도향
주인집 아씨를 염려 하는 마음이
사랑으로 변해
끝내 아씨를 위해 목숨을 버리는
영화로도 만들어진 아름다운 이야기.

많은 작품을 쓴 나도향
'여 이발사, 젊은이의 시절, 별을 안거든 울지나 말걸'
꿋꿋하게 자기를 잃어버리지 않으려고
애쓰는 인간의 모습을 그린 이야기.

332. 나도향[羅稻香] (1902~1926)

일제 강점기의 한국 소설가. 본명은 경손[慶孫]. 서울 출생. 배재학당을 졸업하고 경성
의학 전문학교를 중퇴한 뒤 일본에 건너가 고학으로 공부하였다. 1922년 〈백조〉의 창
간호에 소설 〈젊은이의 시절〉을 발표하여 문단에 등용하였다.

금싸라기 같은 작품 김유정

일본에게 빼앗긴 나라에서
부모가 없는 가정에서
불우한 환경 속에 자라난 김유정.

글쓰기 좋아해
금싸라기 같은 작품 남겼으니
지금도 빛나네.

동백꽃
눈치 없는 순박한 농촌 머스마
집요하고 억척스러운 가시나.

감자를 주는 점순의 마음
거절하는 자존심이 상한 나
닭싸움으로 일어나는 이야기

---

333. 김유정[金裕貞] (1908~1937)

소설가. 강원 춘성 출신. 주로 자신의 생활이나 주변 인물을 소재로 한 단편소설을 발표했다. 토속어, 비속어를 많이 썼다. 어려서 부모를 여의고 외로움과 가난 속에서 불우하게 자랐다. 1935~37년까지 3년 동안 단편 30여편과 장편 1편(미완), 번역소설 1편을 남겼다.

나왔다, 어린이 잡지 신명균

야, 신난다!
어린이 잡지가 나왔다.
'신소년' 잡지가 나왔다.
한글로 쓴 책
어린이 책으로는 우리나라 첫 잡지

아, 고마워라.
누가 우리나라 어린이를 위하여
큰 선물을 베풀었을까요?
어린이를 사랑한
신명균 아저씨이지요.

일평생 한글 사랑 운동가로
한글날을 만들고
조선어 사전을 펴냈으며
조선어학회에서 활동한
신명균 아저씨이지요.

334. 신명균[申明均] (1889~1941)
국어국문학자. 한성사범학교를 졸업했으며 조선어 강습원에서 주시경의 가르침을 받았다. 1921년 장지영, 이윤재 등과 함께 조선어연구회를 창립했으며 1931년 조선어학회가 발족되자 주요 구성원으로 활약했다.

첫 여성 소설가 김명순

새 시대가 열렸으니
이제 안방에서 훌훌 털고 일어나
넓은 세상을 바라보자
답답한 세상을 바꿔보자.

신식학교에 다녀
눈이 뜨이고
일본으로 유학 가서
마음이 열린 김명순

문학 활동에 씨앗을 심더니
창조의 동인이 되어 싹이 자라더니
소설 '의심의 소녀' 꽃을 피워
세상 사람들 눈이 모이더라.

아, 첫 발자국
새로운 지평선을 그었구나.
새로운 무지개를 띄었구나.
우리나라 최초 소설가 김명순.

335. 김명순[金明淳] (1896~)

한국 최초의 여성 소설가. 그녀는 평양에서 출생하여 진명여학교의 이화학당을 거쳐
동경여자전문대학교를 다녔다. 김동인과 함께 창조의 동인으로 문학 활동을 시작하였
으며 여류작가로는 처음으로 〈칠면조〉로 당선되었다.

59

나는 대금황제다 이징옥

호랑아, 게 섰거라!
맨주먹으로 때려잡은 용맹스러운 사나이.
김종서를 도와서 여진족 무찔러
그 이름 한양까지 퍼져
이징옥, 함경도 절제사가 되었다.

오랑캐야, 게 섰거라!
여진족도 두려워했다.
김종서와 친해서 수양대군도 겁이 나
비밀리 벼슬자리 갑자기 쫓아내니
이징옥, 화가 나서 반란을 일으켰다.

"나는 대금 황제다."
여진족과 합세하여 반란을 일으켜서
그 기세 남쪽으로 밀려와
오국성까지 멀리 떨치더니
이징옥, 꿈 펼치지 못하고 져버렸다.

336. 이징옥[李澄玉] (?~1453)
조선 초기의 무신. 어려서부터 힘이 세어 호랑이를 산 채로 잡았다는 이야기가 있다.
1453년 황보인, 김종서 등을 없애고, 정권을 잡은 수양대군이 비밀링에 벼슬자리를 빼
앗았다. 이를 알고, 분해서 반란을 일으켰다.

자주 국가의 깃발 묘청

왜 이렇게 기가 꺾였지?
고려는 주권 국가다.
왕을 높여 황제라 부르자.
우리 연호를 쓰자.
나라의 힘을 길러 금나라 벌주어야지.
자주 깃발 힘차게 올린 묘청.

왜 이렇게 뭐가 꽉 막혔지?
서경은 좋은 도읍지다
성곽을 튼튼히 쌓자
왕궁도 새로 짓자
개경은 헌 옷이니 새 옷으로 갈아입어야지
서경에 옮기자고 주장한 묘청.

왜 이렇게 말이 안 통하지?
새 나라를 세우자
나라 이름 대위
연호는 천개
개경의 사람들이 도읍 옮김을 반대하니
서경에서 스스로 황제 된 묘청.

---

337. 묘청[妙淸] (?~1135)

고려 중기의 승려. 고려 인종 때 '우리도 황제라 칭하자와 금나라를 정벌하자'를 내세
워 자주적 정신으로 서경천도운동을 일으키면서 부패한 고려 귀족사회의 개혁을 시도
했다. '묘청의 난'을 일으킨 인물이다.

정승에 오른 스님 신돈

고려 말 공민왕 때 스님 신돈
낮은 신분으로 어떻게 큰 스님이 되었을까?
눈치 보는 외톨이였지만 꿈이 컸거든.
그래서 희망을 아니 잃었지.
궁중에 드나들게 되었지.

공민왕 사랑받은 스님 신돈
낮은 신분으로 어떻게 재상이 되었을까?
권력 세도 얽히지 않는 새 인물이었거든
그래서 반대파가 많았지
죽이려는 사람도 있었지.

백성이 존경한 스님 신돈
성인인 줄 어떻게 사람들이 알았을까?
백성들의 아픔을 세세히 다 잘 알았거든.
억울하게 노비 된 자 풀어주었지.
빼앗긴 농토도 찾아 주었지.

---

338. 신돈[辛旽: 편조] (?~1371)
고려 말기의 승려. 돈(旽)은 집권 후의 속명. 공민왕은 1356년 개혁하기 위해 신돈을 등
용했다. 그는 1365년 무장세력, 권문세족을 물러나게 했고, 6년 정도의 짧은 기간이었
지만, 이름난 권력층을 없애면서 개혁정책을 추진했다는 점에 큰 뜻이 있다.

청석골의 도적 임꺽정

백정 자식이라 설움이 많았어라.
발걸음 걸음마다 괄시도 많았어라.
흉년이 계속 들어 굶주려 어려운데
관리들 나쁜 짓거리
화가 난 임꺽정.

백정의 자식으로 그 힘이 장사여라
발걸음 곳곳마다 배고픈 사람들이
도움을 받고 싶어 하소연 토하는데
나라는 꿀 먹은 벙어리
뜻 세우는 임꺽정.

신분은 낮았지만, 그 꿈이 다부져라
청석골 졸개들이 꾸역꾸역 모여들어
새 세상 세우려고 깃발은 올렸는데
관군의 끈질긴 추격
뜻이 꺾인 임꺽정.

339. 임꺽정(?~1562)

조선 중기의 의로운 도적. 경기도 양주에서 백정으로 태어났다. 날쌔고, 용맹스러우며
지혜로웠던 그는 관청이나 양반, 지방의 세력가의 집을 습격, 재물을 빼앗았다. 이 재
물을 가난한 사람들에게 나누어주어 의적으로서의 이름이 높았다.

사대부, 너희들이 뭐냐 정난정

여자라고
잘못한 것만 들추고
나를 나쁘게만 이야기하는
사대부, 너희들이 도대체 뭐냐?

에헴, 에헴!
큰기침이나 하고
양반이라고 잘난 척이나 했지
백성들의 눈물, 알기나 했어?

벼슬!
양반만 하는 것 말이나 돼?
신분 차별 없애자고 한
내가 눈엣가시였어?

보라고!
후손들이 민주주의 하는 걸
내가 나쁘지만은 않아.
내 이야기도 다시 써.

---

340. 정난정[鄭蘭貞] (?~1565) ----------------------------------
한성부에서 초계 정씨오위도총부 부총관 정윤겸의 서녀로 태어났다. 모친은 본래 상
민이었으나 역적에 연좌되어 노비가 되었다. 어릴 때 집을 나와 기생이 되고, 문정왕후
의 신임을 얻어 궁궐을 출입하였으며 1553년 정경부인이 되었다.

제3부

백성을 사랑했던 정승 남구만

동창이 밝았느냐 노고지리 우지진다.
우리에게 낯익은 옛시조
반갑고 정겨운 옛시조
종달새 높이 떠 노래하는 날

소 치는 아이는 상기 아니 일었느냐
해가 높이 뜬 줄 모르고
잠이 모자라 하품하는 아이
조선 시대 농촌풍경이 떠오른다.

재 너머 사래 긴 밭을 언제 갈려 하나니
고개 너머 이랑이 엄청 긴 밭
끝이 감감하게 보이는 큰 밭
부지런한 농부 밭갈이 보이는 듯

이 시조는 누가 지었을까요?
조선 시대 글 잘 쓴 사람
백성을 사랑했던 정승 남구만
귀양살이 남해에서 지었죠.

341. 남구만[南九萬] (1629~1711)
조선 후기의 문신. 당시 서인의 중심 인물이었으며, 문장과 서화에도 뛰어났다. 널리 알
려져 있는 시조 '동창이 밝았느냐'의 지은이다. 호는 약천[藥泉]. 당파싸움에 얽혀 유배
를 여러 번 당하였다. 벼슬은 여의정까지 올랐다.

노력하면 뜻을 이루리라 양사언

태산이 높다하되 하늘 아래 뫼이로다

게으른 사람들아!.
아무리 산이 높다고 해도 하늘 밑에 있다.
올라가 보지도 않고 높다, 높다 하지 말아라.

어머니
서러워 마세요.
어머니를 원망하지 않을 거예요.

열심히 공부하자.
낮은 신분인 만큼 더 노력해야지
이 시조를 지은 양사언.

오르고 또 오르면 못 오를리 없다.

---

342. 양사언[楊士彦] (1517~1584)

조선 전기의 문인, 서예가. 호는 봉래[蓬萊]. 동생 사존, 사기와 더불어 문명을 날려 3형
제를 중국의 소순, 소식, 소철에 비유했다. 금강산에 관한 시를 많이 남겼다. 조선 전기
4대가로 일컬어질 만큼 서예를 잘해 초서와 해서에 능했다.

토끼랑 거북이랑 김천택

토끼야, 잘 간다고 자랑 마라
거북아, 못 간다고 서러워 마라
토끼처럼 뛰다가 잠자지 말고
거북이처럼 꾸준히 기어가라.

신분이 양반이 아니라서
거북이 신세라고 세상을 원망 말고
거북이처럼 꾸준히 노력하라
양반 인양 토끼 흉내 내지 말고.

그날부터 거북 양반 쉬지 않고, 노력했지
세상이 놀랄만한 한 가지 일
노래로만 불리고 기록되지 않은 시조들
꾸준히 모아 책으로 펴냈지.

김천택이 엮은 값진 보물 청구영언

---

343. 김천택[金天澤] (1687~1758)
조선 영조 때의 가객(歌客) 시조작가. 사대부들이 즐겼던 시조가 중인 가객들까지 확산
되는 데 선구적 역할을 했으며, 최초의 가집인 〈청구영언〉을 편찬했다. 호는 (南坡). 중
인계층으로서, 잠시 관직에 있었을 뿐 거의 평생을 가객으로 지낸 것 같다.

자연을 벗 삼아 성혼

말 없는 청산이요 모양 없는 유수로다

말없이 솟아있는 푸른 산
구불구불 흘러가는 냇물
힘차게 부는 바람
떠 가는 묘한 구름
동산에 솟아오르는 아침 해
창공에 뜬 밝은 달

이 아름다운 자연 속에서
건강한 몸과 마음으로
편안하게 늙으리라.

대조적 낱말을 사용하여
주제를 나타내고
표현의 단조로움을 피하면서
리듬감을 살려
자연 속에서 한가롭게 살아가는
모습을 노래한 성혼.

344. 성혼[成渾] (1535~1598)
조선 중기의 학자. 해동 십팔현[海東十八賢]의 한 사람. 호는 우계[牛溪]. 1551년 생원,
진사시에 합격했으나 복시에는 응하지 않았고, 전생서참봉을 제수 받은 것을 시작으로
계속 벼슬이 내려졌으나 모두 사양하고 후학을 양성하는 데 힘썼다.

두 마리 토끼 다 잡다 삼의당 김씨

뜰에는 예쁜 꽃들이 가득
방 벽에는 글씨와 그림이 가득

양반 집안 딸도 아니요
기생도 아니면서 여염집 여인으로
글 그림 공부한 토끼 한 마리 쫓았네.

남편 과거 급제를 위해
가난한 살림 머리카락까지 팔아
뒷바라지하면서 두 마리 토끼를 쫓았네.

천 리를 떨어져 있어도
달 하나로 만날 수 있는 우리 님

오늘 마이산 기슭에 시비가 세워졌으니
두 마리 토끼, 다 잡았네.
웃음 지으리라 삼의당 김씨.

---

345. 삼의당 김씨[三宜堂 金氏] (1769~1823) ························

조선 후기의 여류 문인. 남원에서 태어나 살다가 진안으로 이사를 하다. 여염집 부인으로 문학 작품을 창작한 경우는 찾아보기 힘들다. 가난한 살림을 꾸리는 여인으로서 일상생활 속에서 일어나는 일과 전원의 풍치를 담아 260여 편의 한시와 산문을 남겼다.

원나라 보물, 고려로 오다 우탁

원나라에 사신으로 간 우탁
그곳 관리 보고 묻는 말
"당신 나라 보물이 뭐냐?"
책 한 권 내놓으며 자신 있게
"주역 책이 보물이다."

말없이 건네받은 우탁
책장을 촬촬 넘기며
고개를 꺼떡꺼떡 하더니
눈을 감고 중얼중얼 하더니
책 내용 모두 외워버렸다.

우탁이 고려로 돌아올 때
한 줄기 빛이 동방으로 뻗치니
"고려에서 누가 왔다 갔느냐?"
"우탁이란 자이옵니다."
"우리의 보물이 고려로 가는구나."

346. 우탁[禹倬] (1262~1342)

고려 후기의 학자. 호는 백운[白雲]. 1278년(충렬왕4) 향공진사가 되었다. 그는 합리적
이고 사변적인 학자로서 당시 불교나 도가[道家]에 비해 사변이 약했던 유학의 학술과
학문적 기본소양을 갖게 하는 데 큰 역할을 했다.

오르막길, 내리막길 **이색**

양반 집안에 태어나니
원나라 학교에 들어가고
고국에 돌아와 벼슬을 얻고.

공민왕의 사랑으로
높은 벼슬까지 오르고
탄탄대로 앞길에 거침이 없었다.

이성계가 새 나라 세우니
내리막길을 내달릴 줄이야
벼슬에서 쫓겨나고, 귀양 가고.

나라가 기울어져 가도
다시 일으킬 자는 어디에도 없고
눈이 녹은 골에 매화는 보이지 않고.

347. 이색[李穡] (1328~1396)

고려 말의 문신, 학자. 호는 목은[牧隱]. 원나라에서의 유학과 이제현을 통하여 이 시기 선진적인 외래사상인 주자 성리학을 수용했고, 이를 바탕으로 고려 말기의 사화혼란에 대치하면서 정치사상을 전개했다.

고려 충신, 조선 공신 권근

고려 충신이었다.
나라 인재 뽑는 일
명나라와 사귀는 일
지혜롭게 성실하게 일한 권근.

나라 비밀문서
미리 뜯어본 죄로
옮겨가며 귀양살이 중에
입학도설 지은 권근.

조선 공신이었다.
세상 바뀌어 새 나라를 위해
재주 좋은 글솜씨로
새 왕조 칭송한 노래 지은 권근.

예문관 대제학이 되었다.
문교시책을 고치고
유생들에게 독서를 장려하는
'권학사목'을 왕에게 올린 권근.

348. 권근[權近] (1352~1409)

고려 말, 조선 초의 문신, 학자. 호는 양촌[陽村]. 1368년 성균관시, 다음 해 문과전시에
급제했다. 새 왕조 창업에 중심적인 역할을 했으며, 개국 후 각종 제도정비에 힘썼다.
그의 사상은 이황의 사단칠정론에 영향을 주었으며, 〈예기〉를 중시하였다.

중국 제후국이 아니다 변계량

우리나라는 중국 제후국이 아닙니다. 단군이 나라를 세웠으며, 단군은 하늘에서 내려온 분입니다. 그러기에 이 나라는 천자가 봉한 나라가 아닙니다. 또한, 단군은 요 임금과 같은 시대에 나라를 세웠고, 하늘에 제사 지내는 것은 일천여 년을 지켜온 이 나라의 권한입니다. 왜 제천 행사를 못 한단 겁니까?

중국, 섬기는 자들이 같은 높이로
제사 지내는 것은 문제 있다며
기우제 제단을 낮추려 하자
시원하게 공박하였다.

스스로 중국 제후국이 되어
황제라 부르지 못하고 왕
태자로 부르지 않고 세자
지금도 그 버릇 남아 우리를 얕본다.

349. 변계량[卞系良] (1369~1430)
조선 초기의 문신. 정도전, 권근의 뒤를 이어 조선 초 관인문학을 좌우했던 인물이다. 20년 동안이나 대제학을 맡고 성균관을 장학하면서 외교문서를 쓰거나 문학의 규범을 마련했다. 호는 춘정[春亭]. 저서에 〈춘정집〉 3권5책이 있다.

이곳은 발해 땅이어요 정혜공주

발해는 연해주까지
고구려보다 넓은 영토
우리나라 역사에서 가장 넓은 영토

중국은 자기들 역사라고
러시아는 자기들 역사라고
억지를 부릴 때

일천 년 동안 잠자다가
기지개를 켜며 깨어나
"이곳은 당나라 땅이 아니라 발해 땅이어요"
반가운 소식을 알려준
발해 문왕 둘째 딸 정혜공주.

무덤 속 유물들이
세상에 드러나서
"발해가 당나라 속국이 아니라 황제국이었어요"
중요한 역사를 알려준.
발해 문왕 둘째 딸 정혜공주.

350. 정혜공주(?~?)

정혜공주 무덤은 1949년 돈화시 육정산에서 발굴. 정혜공주는 문왕의 둘째 딸로 무덤에서는 힘차고 생동감 넘치는 돌사자 두 마리를 찾아냈고, 석실봉토분으로서 고구려양식을 잘 계승하고 있다.

백제 역사, 백제 서기 고흥

백제 맨 처음 박사 고흥
아는 것이 많아서 백성이 우러러보는
임금이 아끼는 애국 충신이었지.
아이들을 가르치는 박사였지.

역사책 서기 펴낸 고흥
나라 세운 뒤, 글로 남긴 게 없어서
옛 기록 따와서 백제 역사 썼다지.
역사가 소중한 것 알았지.

책을 많이 펴낸 고흥
백제기, 백제 신찬, 백제 본기를 써서
백제가 자랑하는 인물이 되었지.
백제를 사랑하여 많은 책을 펴냈지.

---

351. 고흥[高興] (?~?)
375년 백제 맨 처음의 박사가 되어 〈서기[書記]〉를 펴냈디. 〈삼국사기〉에 보면 〈고기〉를 인용하여 "백제는 나라를 세운 뒤 문자로 사실을 기록함이 없더니 이에 이르러 박사 고흥을 얻어 비로소 〈서기〉를 갖게 되었다."고 쓰여 있다.

기벌포와 탄현에서 막아야 홍수

고마미지 현의 홍수
억울한 귀양살이
급해진 왕은 신하를 보내어 묻는다.
"당나라와 신라를 어떻게 막으면 좋겠소?"

나라를 사랑한 홍수
골똘히 생각한 끝에
물리칠 방책을 왕께 아뢴다.
"당나라는 기벌포, 신라는 탄현에서 막으소서."

홍수 싫어하는 신하들
나쁜 마음 품고 있을 거라
곧이듣지 않았지. 거짓말이라고
"차라리 그곳으로 들어온 후 때려잡읍시다."

홍수 말 듣지 않은 왕
사비성 무너지고 백성들은 잡혀가
나라 망하는 걸 본 홍수
"내 말을 듣지 않으려면 묻지나 말지."

---

352. 홍수[興首] (?~?)
백제 의자왕 때의 대신. 성충·계백과 함께 백제 말기의 충신이다. 일찍이 좌평으로 있
다가 고마미지현으로 유배되었다. 660년 당나라와 신라가 연합하여 쳐들어오자 왕은
그에게 의견을 물었는데 좋은 방책을 제시했다.

꽃 피운 신라문화 김대문

책을 많이 펴냈어요.
계림잡전, 화랑세기, 고승전, 한산기, 악본
지금은 없어졌지만
삼국사기, 삼국유사가
내용을 이어받아 대신 전해요.
흩어진 구슬 찾아 꿰니 보물이 되었네요.

왕 중심의 이야기보다
백성 생활 속으로 파고든 신라문화
새로운 눈으로 정리했어요.

당나라에서 들어온 문화보다
우리 고유문화 중심으로
신라문화, 꽃 피었어요.

353. 김대문[金大問] (?~?)

통일신라 때의 저술가·문장가. 진골귀족의 입장에서 신라문화를 이해하고 정리하는
작업에 힘을 기울였다. 704년 한산주총관에 임명되었다. 저서에는 계림잡전, 화랑세
기, 등이 있으며 지금은 전하지 않으나 〈삼국사기〉와 〈삼국유사〉에 인용되어 있으므
로 그 내용을 짐작할 뿐이다.

삼국통일의 주춧돌 김인문

왕자로 태어나서
왕이 되지 못해도
나라 위해 큰일 해냈구나.
삼국통일의 주춧돌

백제, 쳐 없애려고
고구려, 멸망시키려고
당나라 욕심 꺾으려고
온 힘 쏟은 외교관

당나라 부사령관으로
기벌포에서 백제군 격파하고
신라군과 함께
백제 멸망시킨 장군.

삼국통일 위해
이적의 당군과 연합하여
평양성 쳐서
고구려 멸망시킨 장군.

354. 김인문[金仁問] (629~694)

통일신라의 장군·외교관. 아버지는 무열왕이고 어머니는 김유신의 동생 문희이다. 문무왕의 친동생이다. 무열왕과 김유신을 도와 백제·고구려 정벌에 공을 세웠고, 7차례에 걸쳐 당나라에 들어가 지내면서 양국간 정치 다툼의 중재와 해결에 힘썼다.

창밖에 우는 저 새야 죽서 박씨

창밖에 우는 저 새야!
어느 산에서 자고 이제야 왔느냐
응당 산중의 일을 네가 알려니
두견화는 지금쯤 피어 한창이겠지?

글재주 뛰어난 미인 죽서 박씨
남 앞서 일찍이 시인이 되더니
하늘나라로 일찍 모셔갔네.

작품마다 꽃이 피어나듯
숨결이 곱고 높아라.
짧은 생애 동안 많은 작품이
지금도 사랑받고 빛나네.

시대를 잘못 만난 죽서 박씨
여자로 태어나서 새장에 갇혀
날개 한껏 펼치지 못했네.

---

355. 죽서박씨[竹西朴氏] (1817?~1851?)

호는 죽서[竹西]. 조선 후기의 여류시인. 어려서부터 총명하였으며 아버지에게서 소학
과 경사 그리고 시문 등을 배웠다. 금원과 운초 등의 여류시인들과 함께 삼호정에서 시
단[詩壇]을 만들어 활동했다. 166작품이 실린 죽서시집이 있다.

이 나라를 변화시켜야 서광범

이대로는 안 된다
선진국 본받아
나라를 변화시켜야 한다

갑신정변 일으킨 것도
일본으로 피신한 것도
갑오개혁에 참여한 것도
미국으로 유학 간 것도
모두
나라의 변화를 꿈꾸었기 때문이다

아, 그러나 슬프다.
가족이 잡혀가고
끝내 조국에 돌아오지 못하고
미국 땅에서 숨을 거두었으니
방랑객이 되었구나.

무지무지한 형벌을 없애고
죄는 본인에게만 벌을 받고
나라 변화를 시켰으니
그 정신은
나라 변화에 한 줄기 새 빛

356. 서광범[徐光範] (1859~1897)
조선 말기의 문신. 정치가이며 개화파 사상가. 일찍이 박규수의 영향을 받아 일본, 미
국, 유럽 등 선진 문물을 접하고 근대화 사상을 품게 되었다. 1884년 갑신정변을 일으
켰다가 실패하여 일본에 망명 생활을 하였다. 그 뒤 귀국하여 김홍집 내각에서 법무대
신, 학무대신 등으로 활약하였다.

우체국 낙성식이 기회다 홍영식

우체국을 가장 먼저 세웠도다
근대식 우편제도 공을 들인
개화사상가.

우체국 낙성식이 기회다!
동지들과 혁명을 일으킨
갑신정변

간섭쟁이 청나라 군대가 밀려와
돕겠다던 일본은 건넛산 불 보듯
사흘 만에 혁명은 실패로 끝나다

임금은 내가 모실 테니
동지들이여, 어서 떠나라!
끝까지 남았다가 죽임당한 홍영식
희생정신, 그 행동 거룩하여라.

357. 홍영식[洪英植] (1855~1884)

조선 말기의 문신. 호는 금석[琴石]. 1869년 경부터 박규수의 지도를 받았으며, 박지원의 〈연암집〉 등을 읽으면서 개화사상을 형성해나갔다. 1881년 신사유람단에 선발되어 일본에 갔다. 우정총국이 설치되자 총관이 되어 우정사업을 담당했다.

내 묘비, 세우지 말라 유길준

일본으로
미국으로
유럽으로 여행 다니며 배운
서유견문록을 쓰다.

새로운 나라 세우려고
내부대신 자리에 올랐으나
뜻 펼치지 못하고
망명의 길에 오르다.

정미7조약에 반대하여
흥사단을 조직하고
일본이 주는 벼슬을 거절하며
침략자 쫓아낼 길에 나서다.

여러 길로 일본과 싸웠으나
나라가 망하자
나라 위해 한 일 없음이 부끄러워
묘비를 세우지 말라 유언한 유길준.

358. 유길준[兪吉濬] (1856~1914)

한말의 개화사상가. 근대 한국 최초의 일본과 미국 유학생으로 수많은 책을 발표하여
개화사상을 세웠고, 정치의 전면에 나서 전근대적인 한국의 정치·경제·사회의 개혁
을 단행했다. 호는 구당[矩堂]

외국으로 배우러 가세 어윤중

일본이 우리 보다 못살았잖아?
그런데 놀랍도다
일본 사람들을 보아라
일본 물건들을 보아라.
오히려 이제 일본이 앞섰다.

어떻게 발전했는지
얼마나 발전했는지
여러 방면으로
곳곳으로 다니며 배우러 가세
신사유람단 이끌고 일본에 간 어윤중

우리가 잠자는 동안
일본은 서양과 손잡고
우리를 앞질러 달려간다.
우리도 여러 나라와 무역을 하게
꾹 닫힌 문을 열어라.

---

359. 어윤중[魚允中] (1848~1896)
1881년 나라에서 신사유람단을 일본으로 파견할 때 함께 반장인 조사[朝士]로 선발되었는데 그가 맡은 부문은 재정·경제다. 온건개혁파로서 1894년 갑오개혁 내각에서 탁지부대신이 되어 재정·경제 부문의 개혁을 단행했다. 호는 일재[一齋]

날개 꺾인 나비 **나혜석**

새로운 학문에 눈뜬
근대여성

일본에 유학 가서 그림 공부하여
학교의 미술 교사가 되었다.

국전에 특상 받고
미술 전람회도 열고

남성들만 위한 사회가 옳으냐?
여성 주장하는 글도 썼다.

3 · 1 운동에 참여도 하고
가정까지 뛰쳐나온 자유 부인.

날개 달고 온 세상 날고 싶어도
세상이 아직 잠을 깨지 않구나!

비바람에 날개 꺾인
나비 부인 나혜석.

360. 나혜석[羅蕙錫] (1896~1946)

서양화가. 경기 수원 출신. 1913년 도쿄 여자미술전문학교에 입학하여 유화를 전공했다. 1918년 미술학교를 졸업하고 함흥 영생중학교, 서울 정신여자고등학교 미술교사를 지냈다. 남편의 도움으로 1921년 서울 경성일보사에서 첫 전람회를 열었다.

제4부

나라를 빼앗기다니 황현

장원한 글을 떨어뜨리다니!
화가 나서 못 참겠네.
이제 과거시험은 안 볼 거야

나라 주권을 빼앗기다니!
화가 나서 못 참겠네.
중국으로 꼭 망명할 거야

나라마저 넘어가다니!
아무것도 먹지 않을 거야.
나라와 함께 목숨 거둔 황현.

361. 황현[黃玹] (1855~1910)

한 말의 문장가 · 역사가 · 순국 지사. 유교적 지식인으로 조선 말기와 한말의 사회상에
대한 많은 저술을 남겼으며, 시와 문장에도 뛰어났다. 일제에 의해 나라를 빼앗기자 자
결로써 항거했다. 호는 매천[梅泉] 어릴 때부터 총명하고 학문에 대한 열성이 있었다.

대한광복회 총사령관 박상진

판사 시험 합격해도
판사 임용 거부하고
만주 지역 망명자들을 만나러 다녔다.
독립운동을 계획한 박상진.

해외 독립운동 자금 지원하러
'상덕태 상회' 세워
연락중심지로 삼고 대한광복회
총사령관이 된 박상진

부자들에게 독립군 군자금 기부받기
만주에 독립운동을 위한 학교 세우기
친일파 없애기
대한광복회 할 일을 세운 박상진

군사자금 기부에 협조하지 않는
친일파를 없애다가 잡혀
아, 나라를 위해 목숨 바친
독립운동가 박상진.

362. 박상진[朴尙鎭] (1884~1921)

독립운동가. 울산의 유학자 집안에 태어남. 허위의 문하에서 수학했고 1910년 양정의
숙을 졸업하면서 신학문도 익혔다. 졸업 후 판사 시험에도 합격했지만, 판사임용을 거
절하고 1911년 만주 지역의 망명자들을 만나러 갔다. 귀국한 뒤에는 해외의 독립운동
자금을 지원하는 단체를 세웠다.

끓어오르는 피 백정기

서울에서
3·1 만세운동 모습을 보았다.
끓어오르는 피
고향 땅에서 만세운동을 하자.

고향에서
뜻을 같은 동지들을 모았다.
끓어오르는 피
일본과 싸우려고 만주로 간다.

만주에서
독립군 부대에 들어갔다.
끓어오르는 피
국내로 들어와 군자금을 모았다.

일본이
우리나라 삼킬 욕심이다.
끓어오르는 피
일본 상품 안 사기 운동 펼쳤다.

363. 백정기[白貞基] (1896~1934)

독립운동가. 호는 구파[鳩波]. 어려서부터 한학과 신학문을 배운 그는 고향에서 만세
운동을 전개했다. 그후 만주로 망명해 홍범도 부대에서 활동했는데 군자금 조달을 위
해 여러 차례 국내에 잠입했다. 흑색공포단을 조직해 일본군의 시설파괴, 요인암살 등
을 목표로 독립운동을 전개했다.

압록강 건너간 국민운동가 **이회영**

나라가 기울어지니
벼슬보다 나라를 살찌우는 길
국민교육, 사회운동에 몸담았다.

일본이 우리 주권을 빼앗다니
의병운동을 하다가
국민교육이 독립의 지름길임을 알았다.

온 가족 이끌고 압록강 건너
만주벌판 달려가는 백여 필의 말
만주로 옮겨가 정부 할 일을 대신했다.

사람은 자유롭고 평등해야 한다.
자기 집 종들부터 풀어주었지
새 한국을 건설하는 디딤돌이 되었다.

364. 이회영[李會榮] (1867~1932)

이항복의 후손이며 19세기 말 이조판서 등을 지낸 이유승의 넷째아들이다. 나라가 기울어지는 것을 보며 그는 벼슬에 대한 뜻을 버리고 교육운동과 사회운동에 투신했다. 비밀리에 만주로 가다가 대련해서 일제 경찰에 붙잡혀 고문에 시달리다가 죽었다.

왕비가 된 신데렐라 동이

낮은 신분에서 귀한 왕비가 된
신비하고, 재미나는
이야기의 주인공
동이.

세숫물 떠다 바치던 무수리
신데렐라처럼
어느 날 비단옷 입은
왕비가 되었어요.

그 못된 장희빈의 시샘
참아 이겨내고
정치꾼들이 꾸민 나쁜 꾀에도
살아남았어요.

숙종의 사랑 듬뿍 받고
귀한 왕자 연잉군
훗날 영조임금에 오르니
행복한 생활을 누렸어요.

365. 동이[숙빈최씨: 淑嬪崔氏] (1670~1718)
조선 19대왕 숙종의 후궁이자 21대 영조의 어머니. 본관은 해주. 무수리로 궁에 입궐한
것으로 알려져 있다. 숙빈은 내전을 모실 때 아침 일찍부터 밤늦도록 게을리 하지 않았
고, 모든 비빈을 접하며 공손하고 온화하였다.

실학, 크게 일으키다 이익

어려서부터 배우기 부지런하여
과거 합격하고 벼슬을 바랐으나
형 주검에 마음을 바꾸어
학문에만 몰두했다.

수천 권의 책이 친구 되어
드넓은 학문의 세계를 깨치고
농사도 지으면서 쓴
성호사설은 한국학의 금자탑.

글만 읽고 실행하지 않는다면
아무 쓸모 없는 학문이지
새로운 생각으로
늘 잘못된 사회를 고치는 실학자.

이익의 실학사상
정약용으로 이어져
많은 사람이 따랐다.
전국 방방곡곡으로 퍼졌다.

366. 이익[李瀷] (1681~1763)

조선 후기의 실학자. 류형원의 학문을 이어받아 실학을 크게 이룩했다. 독창성이 풍부
했고, 항상 실제 쓰임의 배움에 힘썼으며, 나쁜 제도를 개혁하기 위하여 연구를 거듭
했다. 그의 실학사상은 후대 실학자들의 사상 형성에 커다란 영향을 끼쳤다. 호는 성
호[星湖]

두드려라, 열릴 것이니 박규수

나라 문을 열자
개화파의 우두머리 박규수
청나라에서 서양문물을 배워
제자들 방방곡곡 주렁주렁.

"내 너를 너무 늦게 알아봤다."
헌종의 사랑을 받아
나라 문을 열려고 노력했으나
힘 센 관리들로 꿈은 사라지고.

평안도 관찰사로 있을 때
대동강을 거슬러 와 놀리던 미국 장삿배
미국과 사이좋게 지내려고 하지만
화가 난 백성들 불 질러 일이 어긋났다.

세상 돌아가는 것을 보니
강한 나라가 약한 나라를 짓밟는다
나라 살리는 길, 두드려라!
나라 문을 여는 것. 열릴 것이니.

367. 박규수[朴珪壽] (1807~1876)

조선 후기의 문신. 서양문물 보다 동양의 정신 우월성을 믿었던 유학자로 실학사상 연장선상에서 개국통상론을 적극적으로 주장하여 초기 개화사상의 형성에 교량적 역할을 했다. 호는 환재[桓齋]

책벌레, 글쟁이 이덕무

어릴 때는
가난하고
질병에 잘 걸리고
양반이 아니라서
배울 길도 없었어요.
책벌레 되어 홀로 학문 깨쳤어요.

자라서
실학자들을 사귀고
글쓰기를 잘하여
중국에도 다녀와
많은 책을 써내고
규장각에 일하며 여러 책 펴냈어요.

돌아가시니
책벌레, 글쟁이
하늘이 알고
땅이 알고
백성들이 다 알았고요.
정조왕도 알아 장례비와 비석을 세워 주었어요.

368. 이덕무[李德懋] (1741~1793)
조선 후기의 실학자. 규장각에서 활동하면서 많은 책을 정리·비교하여 바로잡고, 고증
학을 바탕으로 한 많은 저서를 남겼다. 호는 아정[雅亭]

놀랍다, 예언한 것이 그대로 이서구

실학자로 4대 시인으로 꼽힌
전라감사를 지낸 이서구.

변산 앞바다는
바닷물이 삼백 자쯤 낮아지고
땅이 삼백 자쯤 낮아질 것이다.
오늘날 새만금 간척지가 들어섰다.

전주성은
한벽루 옆으로 불 말이 지나다닐 것이다.
오늘날 굴이 뚫리고 기차가 다닌다.

남원에 불이 자주 나는 걸 보고
광한루에 해태상을 세우라
호두산을 견두산으로 불러라.
그 후 큰불이 나지 않았다니.

천문 지리에 밝았던
예언가 이서구.

369. 이서구[李書九] (1754~1825)

조선 후기의 문신. 시에 능해 이덕무·유득공·박제가와 함께 4가 시인의 한 사람으로
꼽힌다. 그의 시는 혁신적이거나 현실적이기보다는 대개 관조하는 자세로 주위의 사
물을 관찰하며 고요함을 얻으려 한 것들이 많다.

조선의 이름난 여의사 대장금

어린 장금이 신분 속이고
어릴 때부터 숨어 살았네
어릴 때부터 고생하였네.

어린 장금이 굳게 마음먹고
생 각시로 궁궐에 들어갔네.
수랏간 상궁이 되었네.

요리 솜씨 열심히 익혀서
세 번이나 요리 대결에서 이기니
최고 상궁이 되어 기뻐했네

유황오리 사건이 일어나
한 상궁은 죽음으로 몰리고
장금이 제주도로 귀양 갔네.

궁궐로 갈 수 있는 길이 있을까?
의녀로 임금 담당 의사가 되었네
최고 의녀 대장금이 되었네.

370. 대장금[大長今]

조선 중종(1506~1544)때 대장금이라는 칭호까지 받은 전설적인 인물. 성은 서씨. 무서운 집념과 의지로 궁중 최고의 요리사가 되고, 의녀(醫女)가 되어 남자 의원들을 물리친 조선조 유일한 여성 임금 주치의가 되었다.

진도의 유배문학 등불 노수신

억울한 귀양살이 노수신
진도의 유배문학 등불이 되다
자연과 백성들의 삶을 노래한
천 오백 편이 넘는 시
아름다운 작품이 풍성풍성.

진도의 나쁜 결혼 풍습을 고치다
색시를 차지하려면
칼싸움하여 상대를 이겨야 하는
나쁜 결혼 풍습
가르치고 깨우쳐 고쳐 놓다.

영의정까지 오른
주자학의 큰 그릇이어서
진도 사람의 영광이라
너도나도 배우는 사람들
학문 수준이 높아졌다.

---

371. 노수신[盧守愼] (1515~1590)

조선 중기의 문신, 학자. 이황·기대승 등과 주자의 인심도심설을 놓고 논쟁을 벌였다.
호는 소재. 1547년 양재역벽서사건에 연루되어 진도로 옮겨 19년간 귀양을 살았다.
대윤의 한 사람으로 영의정에 올랐으나 정여립 모반사건에 얽혀들어 벼슬을 잃었다.

어질고 어질다 김인후

성균관에 입학하여
이황과 함께 학문을 닦고
친구들과 사귀니
해동 18현 중 한 사람
어질고 어질다.

벼슬이 올라서
홍문관 부수찬에 이르니
나랏일에 힘쓴 공이 커서
사당 앞 경장각 현판 글씨
정조 왕이 직접 쓴 글씨.

주자학 연구한 공
나라의 자랑이라
제자들이 높이 받들고
대원군이 서원 정리 없앨 때
살아남은 필암서원.

372. 김인후[金麟厚] (1510~1560)

조선 중기의 문신, 유학자. 해동 18현의 한 사람. 호는 하서[河西]. 1531년 성균사마시에 합격하여 성균관에 입학했다. 성균관에서 이황과 함께 학문을 닦았다. 1540년 별시문과에 급제하여 이듬해에 호당에 들어가 홍문관 박사 겸 세자시강원설서. 후에 홍문관 부수찬에 이르렀다.

온 세상 선비가 다 좋아한 송순

아무도 헐뜯지 않으며
다투지 않으며
너그러운 마음으로 품어 안으며
모든 사람에게 온유하였다.

성수침은 말하길
온 세상 선비가 다 좋아하였다.
이황은 말하길
하늘이 내린 완성된 사람이다.

세상이 어지러워
선비들 떼죽음이
네 번이나 있어도
오십여 년 벼슬살이 흠이 없었다.

고향에 면앙정 정자 짓고
노래하며
가야금 잘 타며
자연의 아름다움 시로 읊었다.

373. 송순[宋純] (1493~1582)
면앙정가단[俛仰亭歌檀]의 창설자이며 강호가도[江湖歌道]의 선구자. 호는 면앙정.
명문 양반가 출신으로 1519년 별시문과에 급제한 이후 사간원 정언, 홍문관 직제학, 사
간원, 대사간을 거쳐 전주부윤, 나주 목사, 한성부윤, 의정부 우찬찬 겸 춘추관사를 끝
으로 벼슬을 마다하고 랑리로 물러났다.

바다생물 조사하다 자산어보 정약전

서양 학문을 어려서부터 배우고
예수회 신부들이 번역한 책을 읽어서
천주교
신자가 되어
새 사람 되었다.

천주교 탄압한 신유사옥 얽히더니
흑산도 유배되어 위기를 기회 삼아
섬 생활
청소년 교육으로
새 할 일을 찾았다.

바다를 곁에 두고 바다생물 살펴보니
갖가지 모양새와 이름과 사는 모습
바다의
값진 보물 책
자산어보 빛난다.

374. 정약전[丁若銓] (1758~1816)

조선 후기의 문신. 호는 손암[巽庵]. 신유사옥 때 흑산도로 유배되어 그곳에서 복성재를 짓고 섬의 청소년들을 가르치며 글을 쓰며 지내다가 그곳에서 16년 만에 죽었다.

그 목소리 온 나라에 강소춘

고운 소리
높은 소리
판소리 명창
그 목소리 온 나라에
울려 퍼진 강소춘.

원각사
협률사
창극 공연에서
그 목소리 온 나라에
새겨 놓은 강소춘.

흥부가
춘향가
마음에 파고드는
그 목소리 온 나라에
심어 놓은 강소춘.

375. 강소춘[姜小春] (?~?)

고종·순종 때 활약한 여류 판소리 명창. 대구 출신. 여류 판소리 명창으의 효시인 진채
선과 허금파 이후에 명창으로서 이름을 떨치었다. 미인명창으로 목소리가 아름다웠고
〈춘향가〉와 〈흥부가〉를 잘 하였다.

죽부인, 대나무 부인 이곡

죽부인은
고려 말 사회가 어지러울 때
대나무를 사람 인양
이상적인 여인상을 바라는
의인화한 소설

늘 푸르게 살아라
칼로 쪼갠 듯 쭉쭉 바르고
곧게 곧게 서서
비바람에 넘어가지 말고
열녀가 되라

이곡은
정몽주, 백이정, 우탁과 함께 4대 대학자
이색의 아버지
사서오경을 공부하여
벼슬도 하고.

---

376. 이곡[李穀] (1298~1351)

고려말의 학자. 호는 가정[稼亭]. 아들은 색[穡]. 백이정 · 정몽주 · 우탁과 함께 경학[經學]의 대가로 꼽힌다. 원나라에 가서 벼슬을 하였고, 고려에서의 처녀 징발을 중지하도록 건의했다. 문장이 뛰어나 원나라에서도 존경받았다. 가전체 작품 〈죽부인전〉과 100여 편의 시가 〈동문선〉에 전한다.

예학을 발달시키다 김장생

예학이란 무엇인가?
개인의 규율
단체의 규범
국가의 법제와 사회의 제도
대자연의 법칙까지
유교의 이념과 제도를 연구하는 학문.

예학을 어떻게 발달시킬까?
악함을 물리치고
착함을 북돋우워
마음과 행실을 바르게 닦아 수양하여
보이지 않는 곳을 조심하며
들리지 않는 바를 두려워하자.

예학이 발달하면
사람들 예의가 바르고
효로 이어지며
나라가 탄탄하게 된다며
예를 강조하여
몸소 실천을 보인 김장생.

377. 김장생[金長生] (1548~1631)

조선 중기의 문신, 학자. 예학[禮學]의 태두로 평가되고 있으며, 그 이론적 배경은 이기
혼융설[理氣混融說]이다. 그의 예학론은 양란 이후 혼란해진 국가기강을 바로잡고 사
회질서를 유지하기 위해 정통에 중점이 두어졌다. 이러한 예학론은 이후 집권세력의
정치이념으로 중요한 역할을 했다.

풍수 정승, 도끼 정승 원두표

둥둥둥 북 울리거든 일제히 일어서라
광해군을 몰아내고 인조를 새 왕으로!
대궐문
도끼로 찍었네
용맹스런 원두표

아버지 묏자리로 명풍수 찾아가서
산속에 묶어 놓고 몰래 풀어 은혜 주니
고마워
명당자리 찾았네
효자 아들 원두표.

---

378. 원두표[元斗杓] (1593~1664)
조선 후기의 문신, 공신. 호는 탄수. 인조반정에 가담하였으며 서인 중진으로 당의 당수. 이괄의 난에 공을 세워 전주 부윤을 지냈으며 병자호란 때에는 왕을 남한산성으로 호위하여 어영대장을 지냈다. 그 뒤 형조판서, 호조판서, 정승까지 올랐다.

당당하게 걸어간 사자 박세채

어릴 때부터 유교 공부
배울 것 많고, 갈 길 멀어서
날마다 부지런히 공부하여
세상 모든 사물을 깨달았다.

추위와 더위에도 변함없이
젊어서나 늙어서나 바뀜 없이
의지가 굳세고 꼿꼿하여
언제나 행실이 반듯하였다.

공신 뽑을 때 잘못됨을 말하다가
죄인 종친 감싸는 잘못을 아뢰다가
왕비 해치려는 자 처벌을 청하다가
세 번 벼슬, 세 번 다 물러났다.

동방의 18현인 중 한 사람 박세채
세상을 위하여 뜻을 세우고
백성을 위하여 도를 세우고
사자처럼 당당하게 걸어갔다.

379. 박세채[朴世采] (1631~1695)

조선 후기의 문신, 학자. 소론의 영수로 당쟁의 근절을 위해 노력했고, 특히 예학[禮學]에 밝았다. 호는 현석[玄石]. 1649년 (인조26년) 진사가 되어 성균관에 들어갔다. 1651년 김상헌·김집이의 문하에서 수학했다. 주로 성리학을 연구했고, 송시열과도 교류했다.

아들, 나라 기둥이 되라 정몽주 어머니

까마귀 싸우는 골에 백로야 가지 마라……
이 시조를 아시나요?
아들아!
나쁜 친구들과 어울리지 말고
올곧게 자라서 고려 기둥이 되라고
정몽주 어머니, 이씨 부인이 지었지.

이 몸이 죽고 죽어 일백 번 고쳐 죽어……
이 시조를 아시나요?
어머니!
한번 먹은 마음 변하지 않겠다고
고려를 위해 몸 받쳐 지키겠다고
고려의 충신 정몽주가 지었지.

훌륭한 사람의 뒤에는
훌륭한 어머니가 있었네
만고의 충신 정몽주 뒤에는
이씨 부인이 있었네.

380. 이씨 부인[李氏婦人] (?~ ?)

이씨 부인은 정몽주의 어머니. 아들 정몽주를 고려 말기의 이름난 유학자로 올바르고
능숙한 정치가로 키웠다. 그녀는 양반 귀족 안에서 태어나 어릴 때부터 부모들로부터
유교 경전을 배워 학식이 높았으며 예절 밝고 교양 있게 자라나 1336년에 유학자 정
운관과 결혼했다.

제5부

청나라를 정벌하리라 효종

인조의 둘째 아들, 영특한 봉림대군
병자호란 일어나 침략군과 싸웠으나
무너진 남한산성, 임금이 무릎 꿇어
슬프도다
볼모 되어서 억울하게 잡혀갔네.

청나라 볼모 생활 서러움 잊지 말자
나라의 힘 길러 청나라를 벌하리라
군사제도 개혁하고 새 무기 개발하니
힘차도다
새 나라 기운 화포 소리 울리네.

인조의 뒤를 이어 왕 자리에 오르다.
신무기 성능 좋아 힘 얻는 북벌계획
나선 정벌은 청나라 칠 준비 성공해
아깝도다
십년 공든 탑 왕과 함께 무너졌네.

---

381. **효종[孝宗] (1619~1659)**
조선 제 17대왕(1649~1659 재위) 청나라를 칠 계획을 강력히 밀고 나가 군제를 개혁
하고, 군비를 강화했으며, 임진왜란과 병자호란 이후 어려운 나라살림의 재건에도 많
은 힘을 기울였다. 인조의 둘째 아들로 1626년 봉림대군에 봉해졌다.

꾀꼬리의 노래 고구려 **유리왕**

고구려 유리왕
왕비를 잃어
맘이 외롭고 슬펐지.
그 마음 달래려고 새로 온 두 왕비
화희와 치희라는 예쁜 두 왕비

고구려 유리왕
두 왕비 얻어
마음이 기쁘고 행복했지.
왕이 사냥 간 사이 다투는 두 왕비
화희와 치희라는 나쁜 두 왕비

고구려 유리왕
치희 왕비 잃어
괴로워 황조가를 지었지
꾀꼬리는 행복한데 슬픈 유리왕
못된 두 왕비로 슬픈 유리왕.

---

382. 유리왕[琉璃王] (?~18)

고구려 제2대왕(기원전 19~기원 후 18 재위) 주몽의 아들. 어머니는 예씨. 아버지를
찾아 고구려로 와서 태자가 되었다가 곧 왕이 되었다. 화희와 치희를 왕비로 삼았는데,
서로 싸우고, 치희가 떠나자 〈황조가〉를 지었다.

백제 서동과 신라 선화공주 백제 무왕

마를 캐러 다닌 서동
신라 선화공주 예쁘다는 말 들었지.
결혼하려고 미리 아이들과 사귀어
마를 나눠주며 부르라고 했대.

"선화공주 님 밤마다 몰래 서동과 만나네."

서동요, 서동요
왕의 귀에까지 들어갔지.
공주는 궁에서 쫓겨났어.
왕비는 몰래 황금을 주었대.

서동은 공주 만나 용서를 빌었지.
지혜와 용기 있는 서동 보고
선화공주는 서동과 결혼하기로 했대.
"이 금으로 집과 땅 사서 농사지어요."

"어, 이런 돌, 금오산에 많이 있어."
서동은 금을 받쳐 신라왕 사위 되고
선화 공주 도움으로 백제왕 되었대
마를 캐던 서동, 백제 무왕이 되었대.

383. 무왕[武王] (?~641)
백제의 제30대 왕(600~641 재위). 무왕 때의 백제는 정복 전쟁의 승리와 더불어 대규모 토목사업을 벌일 정도로 왕 권력이 강화되었다.

임금님 귀는 당나귀 귀 경문왕

임금님 귀는 당나귀 귀
왕이 되고서 슬슬 자라났지.
이 사실을 아무도 몰랐지.
경문왕 귀는
백성 말을 잘 들었어.

임금님 귀는 당나귀 귀
왕의 모자 만든 사람은 알았지
입이 간지러워도 참았지.
경문왕 귀는
볼수록 웃음이 나왔어.

임금님 귀는 당나귀 귀
모자 만드는 사람이 몰래 말했지.
대나무 숲속에서 말했지.
바람 불 때마다
대나무 잎들이 속삭였어.

384. 경문왕[景文王] (?~875)

신라 제48대왕(861~875 재위). 중앙귀족의 모반과 지방의 반란을 평정하기에 힘썼으나 신라 말기사회의 혼란을 다 막지 못하고 죽었다. 아들은 황(정강왕)·정(헌강왕)·윤, 딸은 만(진성여왕)이 있다. 헌안왕이 아들 없이 죽자 사위로서 왕위를 이었다.

님아, 강을 건너지 마오 **여옥**

고조선 시대 곽리자고의 아내
여옥

아내의 만류에도
머리 허연 사나이 강을 기어코 건너다가
물에 빠져 죽으니
악기를 타며 슬피 노래하던 아내
따라서 풍덩.

으으, 슬프도다
남편 이야기 전해 들은 여옥
어화, 둥기당당!
악기 들고 노래하니
고조선의 노래
공후인이 되었다.

오랜 세월 이겨낸
살아지지 않는 노래.

---

385. 여옥[麗玉]

고조선 시대 사람. 남편 곽리자고가 강가에 나갔다가 물에 빠져 죽는 사나이와 그걸 슬
퍼하다가 여인이 뒤따라 죽는 걸 본다. 그 부부의 슬픈 이야기를 들은 여옥은 이를 공
후에 담아 노래한 것이 〈공후인〉이다.

가 보고 싶은 평창 봉평장 이효석

메밀꽃 필 무렵
강원도 평창 봉평장에 가보고 싶다.
허생원
조선달
동이
시장 한 모퉁이 자리 잡은
그들이 있던 곳에
이제 메밀꽃이 피었으니
가서 이야기하고 싶다.

메밀꽃 필 무렵
시장으로 가던 길을 가보고 싶다
달빛
꽃향기
나귀 방울 소리
앵돌아 굽이굽이 가는 길
그들이 걷던 곳에
지금 메밀꽃 피었으니
그들과 함께 걷고 싶다.

386. 이효석[李孝石] (1907~1942)
소설가. 장편소설보다 단편소설에서 탁월한 능력을 보여주었고, 고향에 대한 그리움
과 이국에 대한 동경을 소설화했다. 호는 가산[可山]. 1934년 평양 숭실전문학교 교수
가 되었다. 쓴 소설로 〈메밀꽃 필 무렵〉 등이 있다.

운수 좋은 날이라니 현진건

운수 좋은 날이었지
비가 내려도 손님이 끊이지 않으니
아픈 아내 설렁탕 사 줄 수 있어.
인력거 모는 김 첨지 싱글벙글.

그날이 운수 나쁜 날이었지.
잇달아 손님 태워 돈은 벌었으나
집에 오니 희망은 물거품이라
아내를 안은 김 첨지 흐엉흐엉

슬픈 우리나라 보았지
왜놈에게 나라를 빼앗겼으니
어떤 기쁨도 곧 슬픔이라
우리나라 백성들, 이를 으드득.

나라 위해 신문사에 들어갔지
일장기 대신 태극기 넣었다고
일본 경찰에 끌려가
분하게 목숨 잃었네. 아이고.

387. 현진건[玄鎭健] (1900~1943)

소설가. 한국 사실주의 단편소설의 기틀을 다진 작가이다. 아호는 빙허[憑虛]. 1922
년 〈백조〉 동인이 되었고, 그해 직장을 종합시사지〈동명〉으로 옮겨 1925년까지 근무
했으며 동아일보사로 옮겨 1936년 일장기 없앴다가 언론계에 쫓겨날 때까지 기자로
일했다.

우리 민족의 시인 **김소월**

우리나라 사람들이 가장 좋아하는 시인
보석 같은 시를 쓴 시인
우리 입맛에 딱 맞는 시인
김소월

진달래꽃
엄마야 누나야
금잔디
가는 길
산유화
지금도 사람들의 가슴에 남아 있는
마음을 울려 주는 시들.

일본인에게 맞은 아버지
정신이상자가 되어버린 아버지
할아버지 손에 자란 그 아픔
시로 나타내었을까?

388. 김소월[金素月] (1902~1934)

시인. 본명은 정식[廷湜]. 전통적인 한[恨]의 정서를 여성 화자를 통해 보여주었고, 향토적 소재와 설화적 내용을 민요적 기법으로 노래하였다. 2세 때 아버지가 일본인에게 폭행당해 정신이상자가 되자 할아버지가 그를 돌보았다.

영화인으로 성공한 나운규

민족정신 살려서
사람들이 많이 보아
성공한 영화 아리랑

직접 만들고
감독하고
주연까지 다 성공하였네.

연해주에서
만주에서
독립운동한 그 기백과 용기

영화인의 마음에 흘러
작품성도
인기에도 다 성공하였네.

389. 나운규[羅雲奎] (1902~1937)

영화제작자 · 감독 · 배우 · 시나리오 작가. 함북 회령 출신. 호는 춘사[春史]. 일제 강
점기 선구적인 영화인으로 직접 제작 · 감독 · 주연한 〈아리랑〉(1926)은 민족정신을
살린 동시에 흥행에 성공한 좋은 작품으로 평가받았다.

맑고 마음을 울리는 시 홍원주

여류시인 어머니 영수합 서씨
가르침을 받아
대를 이은 여류시인 홍원주

마음을 울리고
맑고 새로우면서
구구절절 형제 우애와
여자 도리
소복소복 담은 유한집.

시 속에 품은 마음
고향에 가고 싶어라
형제들 만나 얘기 나누고 싶어라.

그 마음 알 것 같다.
그 마음 애달프다.

---

390. 홍원주[洪原周] (1791~?)
조선 순조·헌종 때의 여류시인. 당호는 유한당[幽閑堂]. 관찰사를 지낸 아버지 인모와
여류시인인 어머니 영수합 서씨의 맏딸이며 심의석의 부인이다. 현모양처로도 모범이
되고 시문을 잘 지어서 이름을 떨쳤다. 저서로 〈유한집〉이 있다.

이 목숨 바치리라 황보인

어린 단종을 지키자
이 목숨 바치리라.

수양대군 욕심쟁이
아버지 세종은 알았지
형 문종도 눈치챘지
그래서 단종을 부탁한 거야.
듬직한 황보인에게 부탁한 거야.

단종이 왕 자리에 올라
백성들은 안심했지.
황보인이 버티고 있어 안심했지.

그런데 어이 하리!
수양대군이 칼을 들고 나섰으니
어린 단종을 위해
이 목숨 바치리라.

391. 황보인[皇甫仁] (1387~1453)

조선 전기의 문신. 호는 지봉[芝峰]. 1414년에 문과에 급제했다. 1440년부터 10년간 함
길도 국경 지역에 김종서와 함께 북방의 개척 및 방어에 힘을 기울였다. 1451년(문종1
년) 영의정 부사가 되었다. 1452년 단종이 12세의 나이로 즉위하자 왕을 보필하면서
의정부에 권력을 집중시켰다.

고운 님 여의옵고 왕방연

천만리 머나먼 길에
고운 님 여의옵고
서울 대궐에서 쫓겨나는
단종을 영월로 모셔놓고
쓰라린 마음을 노래한 왕방연.

돌돌 흘러가는 시냇물
그 물소리도 서러워라
두고 오는 님의 울음소리 같아라.
가련한 단종이 눈에 아른거려
갈피 잡지 못함을 노래한 왕방연.

392. 왕방연[王邦衍] (?~?)

단종이 영월로 유배되고 다시 사약이 내려졌는데 이때 그는 사약을 가져간 의금부도
사였다. 그는 사약을 차마 내밀지 못하고 괴로워했다고 한다. 영월로 유배한 후 그 심
정을 노래한 시조 1수가 전한다.

벼슬을 내놓고 엄흥도

단종의 억울한 죽음
불쌍하구나!
사람들은 동정하였다.

내팽개친 주검
두렵구나!
사람들은 손을 대지 못했다.

벼슬을 내놓고
목숨을 내놓고
밤중에 몰래몰래
시신을 거둔 엄흥도
그 마음 담대하여라.

하늘이 도왔는가?
땅이 꽁꽁 얼어
묘를 파지 못하고 헤맬 때
노루가 앉았던 자리 얼지 않아.
눈 감지 못한 영혼, 고이 장사 지냈다.

393. 엄흥도[嚴興道] (?~?)

조선 전기의 문신. 충신이다. 강원도 영월에서 호장으로 있을 때 단종이 세조에 의해 영
월에서 억울한 죽음을 당하자 사람들은 화가 미칠 것을 두려워하여 단종의 시신을 돌
보지 않았다. 그는 장사를 치른 후 벼슬을 내놓고 아들을 데리고 숨어 살았다.

말하는 술 임춘

태어날 때는 단단한 집안
글재주도 으뜸
이름을 날리고 살았다.
무신의 난으로 집안은 티끌처럼 날아가
살길이 막막하구나.

친구들은 등 돌리고
친척들도 멀어져
눈물 머금고
시골로 내려가 술로 세월을 보내며
그래도 유명한 글을 썼구나.

술이 사람이냐, 말을 하게
그가 쓴 국순전
기전체 소설 처음 보는 글이라
온 나라 번지는 새로운 물결
고려 문학 한 줄기 되었구나.

394. 임춘[林椿] (?~?)

고려 중기의 문인. 고려 죽림칠현[竹林七賢]의 한 사람이다. 호는 서하[西河]. 고려 건국 공신의 자손으로 큰아버지 아래에서 학문을 배우면서 청년기부터 문명을 날리며 귀족 자제다운 삶을 누렸다. 술을 벗하며 문학을 논하여 고려 중기 문단을 대표하는 문인 중의 한 사람으로 꼽힌다.

슬픈 사랑 천관녀

나라의 큰 그릇이 되라는
어머니 서늘한 부탁이
천관녀 마음으로 옮았다.

사랑하는 말의 목을 치고
뒤도 돌아보지 않고 가는 뒷모습
그 이별의 아픔, 얼마나 가슴 저렸을까?

눈물로 보내고
이를 악물고 머리를 깎았다.
"나라의 큰 기둥이 되소서."

매정하게 돌아선 님을 위하여
더 높은 사랑으로
기도하는 천관녀

눈물이 난다.
슬픈 사랑에 눈물이 난다.
아름다운 사랑에 눈물이 난다.

395. 천관녀[天官女] (?~?)

신라 진평왕 때의 기녀. 김유신이 그녀를 좋아하여 찾아다녔는데 어머니의 꾸중을 듣
고 다시는 그녀에게 가지 않기로 약속하였다. 어느 날 술에 취해 가는데 말이 늘 하던
버릇대로 그녀 집 앞에 머물자 김유신은 말의 목을 베었다. 천관녀는 그의 무정함을 원
망하여 〈원사[怨詞]〉를 지었다.

천연두 예방의 공로자 지석영

마마를 쫓으려는
무당들의 굿
목숨을 빼앗는 돌림병 천연두를
미신으로 낫다니 어림없지.
종두에 관한 책 읽고 깨우친 지석영.

천연두 예방접종
새뜻한 서양 의술
귀한 목숨 구하러 걸어서 부산까지
열정으로 배운 지식 다급한 맘
소중한 처남에게 실험한 지석영.

종두 원료 되는 약을 구하고자
보관기술 배우고자
험난한 바다를 건너 일본까지
종두 접종 알아내어 마마를 몰아냈지.
의학교 세우고서 종두법을 퍼뜨렸네.

396. **지석영**[池錫永] (1855~1935)

한 말의 의사 · 문신 · 국어학자. 호는 송촌. 1833년 문과에 급제하여 성균관 전적 · 사헌부 지평을 지냈다. 1885년에는 그동안의 경험을 토대로 우리나라 최초의 우두 관련 책이자 서양 의학서인 〈우두신설〉을 펴냈다.

사람마다 체질이 달라 이제마

학문이 높은 문신이며
칼을 잘 쓰는 무신이고
멋진 시를 쓴 시인
그중에 가장 빛난 건 한의사였지.

사람마다 타고난 체질이 달라
태양인
태음인
소양인
소음인
체질 따라 약이 달라야 효험이 있어.

한의원 문을 열고
치료와 의학 연구에
평생을 바친
의학계의 큰 별 이제마.

---

397. 이제마[李濟馬] (1837~1900)

조선 후기의 한의학자[漢醫學子]. 문관 · 무관 · 시인 · 조선 왕족 방계혈족이다. 사람
마다 타고난 체질이 다르므로 같은 병이라도 그 치료가 달라야 한다고 주장하였으며,
〈동의수세보원〉을 통해 태양 · 태음 · 소양 · 소음의 네 가지 체질이 있다고 하는 사상
을 제창하였다.

몽골의 슈바이처 **이태준**

나라 잃고 아내 잃어
슬픔으로 눈물짓더니
아담슨 선교사 도움의 손길
의사가 되었네.

겨레 사랑 나라 사랑
정의에 불타더니
독립투사를 돕던 손길
중국으로 망명했네.

인류를 위하여 병든 자를 위하여
몽골로 가더니
몽골 왕을 치료하던 손길
몽골인이 사랑했네.

일본군이 러시아군이
함께 쳐들어오니
피하지 않고 죽음을 택한
몽골의 슈바이처가 되었네.

398. 이태준[李泰俊] (1883~1921) ┄┄┄┄┄┄┄┄┄┄┄┄┄┄┄┄
조선 말 의사. 호는 대암[大岩]. 경남 함안 출신. 1912년 중국으로 망명하여 독립군을
돕다. 1914년 몽골 울란바토르에 병원을 세워 당시 몽골에 유행했던 병 치료에 공을 인
정받고 왕의가 되다. 그 공로로 1919년 몽골 정부로부터 최고훈장을 받았다.

달콤한 고구마 조엄

고구마
쪄먹고, 구워 먹고 삶아도 먹는
달콤한 고구마
누가 가져왔을까요?
가난한 백성을 위하는 마음
조엄이 가져왔지.

고구마
군고구마, 밤고구마, 호박고구마
맛있는 고구마
통신사로 일본에 갔을 때
굶주리는 백성을 생각한 마음
조엄이 가져왔지.

---

399. 조엄[趙曮] (1719~1777)

조선 후기의 문신. 호는 영호[永湖]. 한국 최초로 고구마를 재배하였다. 고종 때에 대
왕대비였던 신정왕후의 증조부. 문장이 뛰어났으며 경제가로서 이름이 높다. 1763년
통신사로 일본에 건너가 고구마 종자를 국내에 보급하였고, 저서로는 〈해사일기〉가
있다.

143

맛있어요, 다미방 요리 장계향

조선 시대
여러 가지 요리 방법
한글로 써서
후손에게 물려준 장계향.

음식 다미방
요리하는 방법을 정리한 책
귀하고 귀한
아시아에서 가장 오래된 요리책.

여성의 몸으로
글 깨치기도 힘든 세상에
백 가지도 넘는 음식 조리법
대대로 이어온 집안 유산.

나라의 값진 보물.
맡은 일에 최선을 다한
글로 남기려는 그 마음 대단하여라
나도 내가 좋아하는 것 최선을 다하리.

400. 장계향[張桂香] (1598~1680)

조선 중기의 문인 · 요리 연구가. 경북 안동 출신. 조선 시대 중기 이후의 요리 방법을 순 한글로 기록한 〈음식 다미방〉을 남겼다. 그녀의 작품으로 또한 〈맹호도〉 그리고 시 9편이 전해지고 있다.